Das Buch

Als erste Meldungen eines besonders aggressiven Magen-Darm-Virus die Runde machen, denkt sich Daniel nichts dabei. Die Semesterferien sind zu Ende und bald geht die Uni wieder los. Auch seine Nachbarin Sara zeigt sich eher unbesorgt, obwohl sie selbst Krankenschwester ist. Jedoch greift die Krankheit rasend schnell um sich und bringt die Gesellschaft an ihre Grenzen. Jene Infizierten, welche dem Virus nicht erliegen, leiden immer wieder unter massiven Wutausbrüchen. Sie gefährden nicht nur ihr eigenes Leben, sondern auch jenes ihrer Nächsten, während der Kontinent im Chaos zu versinken droht. Als schließlich erste Erkrankte im direkten Umfeld Saras auftauchen, beginnt sie zu ahnen, in welche Katastrophe die Welt stürzt. Es beginnt ein erbarmungsloser Kampf ums Überleben, in dem die Menschen fürchten müssen von ihren eigenen Angehörigen und Freunden zerfleischt zu werden, wenn diese einen ihrer Anfälle erleiden. Aber nicht nur dieser permanente Horror zerreißt die Bevölkerung. Hinzu kommt die ständige Gefahr einer Infektion, des Verhungerns oder Erfrierens, wenn das System endgültig einbrechen sollte.

Die Autorin

JD Alexander ist das Pseudonym einer Schriftstellerin, die in Deutschland und Österreich lebt. Vor allem veröffentlicht JD unter diesem Namen dystopische Texte. Sie bemüht sich um realitätsnahe Szenarien und lässt ihre Figuren kompromisslose Extremsituationen durchleben. Sie hat einen Universitätsabschluss in Germanistik und Geschichte und beschäftigt sich neben ihrer Schriftstellerei mit Rollenspiel, Film und Kampfsport.

Wege in die Hölle

Buch 1: Kollaps

JD Alexander

Impressum

JD Alexander
c/o AutorenServices.de
König Konrad-Str. 22
36039 Fulda
jdalexander@ web.de

Druck: epubli, ein Service der
neopubli GmbH, Berlin

Printed in Germany

Kapitel 1

Cracked eggs, dead birds
Scream as they fight for life
-RADIOHEAD, STREET SPIRITS

Daniel ging langsam über den Parkplatz in Richtung seiner Haustüre. Er trug die schwere Lederjacke und hatte seine Hände trotz der schwarzen Handschuhe in ihre Taschen gesteckt. Den Motorradhelm hatte er noch nicht abgenommen. Das Sonnenlicht des kalten Nachmittages machte ihm Kopfschmerzen. Trotzdem würde er die Treppe nehmen, hinauf in das elfte Stockwerk, wo seine Wohnung lag. Er griff bereits nach den Schlüsseln, als aus dem Nichts ein Mensch vor seinen Füßen aufschlug. Das dumpfe Klatschen bohrte sich in sein Hirn, ehe er verstehen konnte, was geschehen war. Die Person zuckte nicht einmal. War sofort tot. Er sah Gehirnmasse und Blut aus dem verrenkten Körper dringen. Er schluckte, ging um den leblosen Körper herum und sperrte die Türe auf.

Tag 1

Es ist noch nicht genug, eine Sache zu beweisen, man muss die Menschen zu ihr auch noch verführen.

-FRIEDRICH NIETZSCHE

1

Daniel radelte an einem Freitagabend in die Arbeit. Es waren die letzten Tage der Semesterferien und in der Woche darauf würde er wieder im Hörsaal sitzen und seinen Collegeblock vollschreiben. Er arbeitete in einem kleinen Kaffeehaus in der Innenstadt, welches gemeinhin als Buchcafé bekannt war. Die Besitzerin war gleichzeitig seine Großmutter, die ihr Leben lang Wirtin eines großen Bierlokals gewesen war. Sie weigerte sich standhaft in den Ruhestand zu gehen und hatte stattdessen, nach dem Tod ihres Mannes, ein kleines Lokal eröffnet. Sie hatte Reste ihres alten Mobiliars in das verlotterte Geschäft bringen lassen. Ihren Enkel - Daniel - hatte sie eingespannt, ihre gesamten Bücher (im Gegensatz zu ihrem Mann hatte sie immer gerne gelesen) in die schiefen und verzogenen Regale an den Wänden des Kaffees zu räumen. Dann hatte sie, dem ausdrücklichen Wunsch ihrer Familie zuwiderhandelnd, geöffnet und in Daniel den Einzigen gefunden, der sich bereit erklärte auszuhelfen. Er brauchte Geld und war der Meinung, dass sie tun sollte, was sie glücklich machte. In den Ferien arbeitete er täglich und während des Studiums an zwei Tagen pro Woche. Zu den Stoßzeiten. An diesem Freitagabend war wieder mehr los als während der letzten Wochen. Die meisten Studenten waren aus den Ferien zurückgekehrt. Irgendwo fand ein Pubcrawl statt. Es gab in der Nähe eine Uniparty. Er würde fünfeinhalb Stunden Kaffee, Bier und den ein oder anderen Schnaps an fremde und bekannte Gäste ausschenken, die Theke säubern, Gläser spülen und um halb elf nach Hause fahren. Am Weg würde er sich irgendetwas zu essen mitnehmen, Döner oder Asianoodles, und dann drei Stunden zocken. Er würde zu Bett gehen, masturbieren und ehe er einschlief darüber nachdenken, warum er nicht bei einer der Gästerunden gesessen hatte, anstatt diese zu bedienen. Warum er nicht trank, anstatt zu tragen. Warum er sich nicht unterhielt, anstatt bloß zuzuhören.

Aber zuerst würde er seine Schicht an diesem wechselhaften Tag im März beenden. Um Viertel vor acht kam Peter vorbei. Sie kannten sich aus der Uni und teilten ihre Begeisterung für das Computerspielen. Peter hatte heute, wie jeden Freitag, einen Tabletop-Abend in einem Verein ein paar Straßen weiter gehabt. Für gewöhnlich schaute er danach für die Dauer eines Kaffees vorbei, ehe er heimfuhr und sich einloggte. Ein paar Stunden später würde Daniel online dazustoßen. Bei dieser abendlichen Vorbesprechung ging es normalerweise um Themen wie PC-Spiele, TV-Serien und ab und an auch mal um Mädchen. Aber heute war Peter ungewöhnlich aufgekratzt, sogar für seine Verhältnisse. Er kam eine Stunde früher als gewohnt und wirkte noch verwirrter als sonst. Seine blonden Haare standen noch zerzauster in alle Richtungen und seine Haut sah noch blasser aus als üblich. Manchmal, dachte Daniel, war er schon ein wandelndes Klischee für einen Informatik-Studenten. Aber irgendwoher mussten die ja kommen.

»Du glaubst nicht, was ich gerade erlebt habe!«, keuchte er ohne Begrüßung, während er mit den Händen voraus mehr an die Theke knallte, als sich vor sie zu stellen. Dabei hatte er einen Mittzwanziger mit Vollbart und Hornbrille beinahe umgestoßen, wodurch dieser sich Teile seines eben erstandenen Chai-Lattes über den Hemdärmel goss. Einen bösen Blick des Gasts quittierte Peter nur damit, dass er sagte: »Ich bitte dich, ich habe dir einen Gefallen getan. Das Getränk ist eine Zumutung.« Daniel entschuldigte sich, herrschte Peter mit einem Augenfunkeln an und schenkte dem Kerl Milch nach, sodass dieser sich, immer noch sauer, an seinen Tisch zurückzog. Peter hatte es kaum ausgehalten, so lange schweigen zu müssen. Er war von einem Fuß auf den anderen getreten und zweimal um die Ecke der Theke und wieder zurück gerutscht. Als der Gast endlich weg war, sprudelte es nur so aus ihm heraus: »Du glaubst nicht, was ich gerade gesehen hab!«

»Sagtest du bereits«, entgegnete Daniel kühl und räumte zwei Gläser aus dem Geschirrspüler.

»Mann, ernsthaft. Das haut dich um. Das glaubst du nie!« Daniel musste lachen. Es hatte etwas Komisches, obwohl Peter es todernst zu meinen schien. Als dieser mit der Faust auf den Tresen schlug, um sich Gehör zu verschaffen, lachte Daniel nicht mehr. So kannte er seinen Freund nicht.

»Hör mir zu, verdammt!«

Das machte Daniel wütend. Er fuhr ihn an: »Was denn?« Er hörte zu. Aber Peter wusste plötzlich nicht mehr, was er sagen sollte. Mit offenem Mund sank er auf die Sitzbank und starrte ins Leere. Erst jetzt war zu erkennen, dass sein Gesicht schweißbenetzt war. Seine Finger zitterten und sein Atem ging unregelmäßig. In diesem Moment heulte das Folgetonhorn eines Rettungsautos auf. Blaues Licht flutete durch die Auslagen in das kleine Kaffee und der Wagen raste vorbei. Nicht weiter ungewöhnlich für die Stadt. Aber dahinter folgten große und kleine Feuerwehrautos. Ein breiter Polizeiwagen. Schwarze Stadtlimousinen mit blauen Lichtsignalen hinter der Windschutzscheibe. Fast wie eine Eskorte.

2

»Hundert Mal habe ich dir gesagt, dass ein Hund nichts für eine reine Wohnungshaltung ist. Und hundert Mal hast du gesagt, du kümmerst dich drum!« Es gefiel Sara nicht, wie ihr Mann mit ihr redete. Er fuhr sie regelrecht an. Als wäre er ihr Vater, stand er vor der kleinen Urinlache, hatte eine Hand in die Hüfte gestemmt und deutete darauf.

»Aber das hast du nicht!«, fügte er hinzu, nachdem sie nicht geantwortet hatte. Sie atmete aus und vergrub ihren Blick in ihr Smartphone.

»Du, ich rede mit dir!«

Jetzt wurde es ihr zu blöd: »Ja danke, ich weiß. Aber was soll ich sagen? Mir gefällt es ja auch nicht.« Mit dieser

Bestätigung konnte Harald, ihr Mann, nicht umgehen. Kurz hielt er verdutzt inne. Aber dann ging es wieder los: »Ja und was hilft das? Ich habe dir gesagt, dass das nicht funktioniert. Aber du so: Ja, doch. Ich kümmere mich um alles.« Sie hasste es, wenn er sie nachäffte.

»Aber nichts funktioniert. Und jetzt kann ich zwei Mal täglich mit ihm zwölf Stockwerke runterfahren und Gassi gehen. Das war so nicht abgemacht.« Er hatte recht, das war so nicht abgemacht gewesen. Aber Umstände änderten sich.

»Es ist ja nur wieder passiert, weil er nicht auf sein Kistchen konnte, weil du die Tür zum Badezimmer zu gelassen hast.«

Er schlug sich mit der flachen Hand auf die Stirn: »Wer in Allerherrgottsnamen hat denn ein Kistchen für einen Hund?«

»Warum bist du immer so verdammt unspontan?«, ging sie nicht darauf ein.

»Unspontan? Ich? Was hat das denn damit zu tun?« Sie wusste es nicht. Kurz sagten sie beide nichts. Wussten, dass das in einen stundenlangen Streit ausarten konnte, an dessen Ende sie beide sich nicht mehr erinnern würden, worum es am Anfang eigentlich gegangen war.

»Ich meine... Wenn du mit dem Vieh nicht zurechtkommst, müssen wir es eben weggeben.« Er bereute es, sobald er es ausgesprochen hatte. Sowohl die Wahl seiner Worte als auch die Aussage an sich. Er sah die Enttäuschung in Saras Gesicht und wollte sich entschuldigen. Wusste aber auch, dass es das nur schlimmer machen würde. Sie hatte sich auf das Sofa gesetzt und umfasste ihren

Bauch. Ihren Bauch, in dem jetzt nichts mehr war. Indem sie ihr gemeinsames Kind getragen hatte, ehe sie es verloren hatten. Er seufzte. Griff sich an die Stirn, während sie Tränen wegwischte. Sein Telefon läutete. Er sah auf das Display. Sie sah ihn an. Wusste, dass er rangehen würde. Sie flehte ihn mit ihren Blicken an, jetzt nicht ranzugehen. Aber er musste. Wie oft hatten sie darüber diskutiert. Es war unerträglich. Selbsthass fraß sich in seine Gedanken, als er abhob.

»Ja?... Alles klar. Bin sofort da.« Einen Augenblick verharrte er. Suchte ihre Augen. Vergeblich. Dann griff er nach seiner Dienstwaffe am Esstisch, klippte den Holster an den Gürtel und warf seine Jacke über. Er würde nach unten rennen, seinen Dienstwagen, einen gepanzerten Audi A8, starten und mit Volltempo durch die Innenstadt rasen. Und sie würde allein in ihrer Dreizimmerwohnung bleiben, wo ein Raum noch immer rosarot ausgemalt und mit Gitterbett und Wickelkommode ausgestattet leer stand. Ein Raum, den sie beide seit damals nicht betreten hatten.

3

Peter hatte kein Wort mehr gesagt. Daniel musste zwei Kunden bedienen und einen Tisch abräumen. Als er zurückkehrte und das Tablett neben die Spüle schob, saß sein Freund bloß mit hoch gezogenen Brauen vor ihm und hatte sein Smartphone über die Theke geschoben. Es war sein auffordernder Blick. Daniel wusste, dass es kein Entkommen gab. Also sah er sich das Video an, das für so viel

Verstörung bei seinem Kumpel gesorgt hatte. Es handelte sich augenscheinlich um die Aufnahme einer Handykamera. Das Bild war verwackelt, dunkel und die ersten Sekunden war kaum etwas zu erkennen. Dann ein Straßenzug, eine Autobahn. Von oben gefilmt. Der Filmende musste auf einer Brücke stehen. Zwei Polizisten die um einen Wagen am Pannenstreifen standen. Einer hatte eine Waffe gezogen. Es sah aus wie eines der Videos, die man regelmäßig aus den USA zu sehen bekam. Wenn willkürliche Polizeigewalt gefilmt wurde und ein paar Wochen für Furore sorgte. Aber es waren deutsche oder österreichische Polizisten, das sah man an der Aufschrift auf ihren Jacken. Die Autotür öffnete sich jetzt. Erst nur einen Spalt. Dann wieder nichts. Einige Sekunden geschah gar nichts. Der Beamte, der seine Waffe nicht gezogen hatte, sprach in ein Funkgerät. Er drehte sich kurz weg, zuckte aber zusammen, als die Tür mit einem Stoß aufflog und ungebremst zurück ins Schloss knallte. Wieder geschah nichts. Daniel wollte Peter das Telefon zurückschieben, die Musik im Lokal war gerade ausgegangen. Er würde eine neue Playlist aufmachen müssen. Aber noch immer war da dieser Blick. Also folgte er. Der Bewaffnete näherte sich langsam. Immer den linken Fuß zuerst, schob er sich voran, bis er auf Höhe des Kofferraums stand. Da schoss die Fahrertür wieder auf und heraus sprang ein Mann von hagerer Statur. Er prallte gegen den Asphalt, rappelte sich aber sofort hoch. Die Polizisten schienen etwas zu schreien, aber es wurde nicht gehört. Schüsse brachen. Der Filmende zuckte, verriss die Kamera. Als das Bild zurückkehrte, lehnte der Mann in der Autotür. Gekrümmt und verkrampft.

Plötzlich stürmte er wieder los. Erneut gab es Schüsse und ein Blutschwall klatschte gegen das Autofenster. Aber der Getroffene hechtete trotzdem gegen den Schützen und riss ihn zu Boden. Der andere Polizist hatte inzwischen seine Waffe gezogen, zögerte jedoch zu feuern. Der Mann schlug auf den Polizisten mit bloßen Fäusten ein. Drei oder vier Mal hämmerte er sie so heftig gegen den Kopf, dass dieser nur so herum schnalzte. Dann schoss der Stehende. Mindestens fünf Mal. Der Mann kippte gegen den Kofferraum und rutschte an der Stoßstange hinunter. Blieb reglos liegen. Das Video endete.

In Filmen hatte man das schon unzählige Male gesehen. Es war nichts Besonderes. Auch aus Amerika kannte man Aufnahmen aus realen Situationen, die dieser glichen. Der einzige Unterschied war, dass es sich um ein Video aus der Nähe handelte.

»Ja und?«, sagte Daniel. Er gab sich locker, aber musste sich selbst eingestehen eine gewisse Unsicherheit zu spüren.

»Ja und? Der Typ hat mindestens drei Kugeln abgekriegt und steht noch immer. Und dann noch eine, und dann springt er auf den Bullen los wie ein Stier!«

»Hast du sowas noch nie gesehen? Das sind Drogen. Oder Alkohol. Oder irgendeine Eifersuchtsgeschichte oder sowas.«

»Hast du keine Augen im Kopf? Das ist genau wie in 'The Walking Dead' am Anfang, Mann!«

»Wie in The W...?« Daniel wurde unterbrochen. Der Vollbarthipster mit dem Chai-Latte von vorhin war am Weg zur Toilette scheinbar stehen geblieben und hatte das

Ende des Gesprächs verfolgt. Er äugte über den Tresen auf das angehaltene Video und sagte: »Es sollen Drogen gewesen sein. Eine von diesen Kannibalen-Pillen, die sie eine Zeit lang in Mallorca vertickt haben. Haben sie vorher auf N24 gebracht.«

»Siehst du?«, sagte Daniel. Peter sackte auf seinen Sitz zurück, er war während seiner Worte fast über die Theke gestiegen vor Aufregung. Der Hipster ging lässig weiter und Daniel kümmerte sich um die Playlist. Er warf Bob Dylan rein. »The Ballad of Hollis Brown«. Dann kam der Abwasch. Als er die Klappe des Industriegeschirrspülers schloss, saß Peter noch immer aufgelöst und desillusioniert vor seinem Handy.

»Komm, ich geb dir ein Bier aus«, versuchte er sich versöhnlich und öffnete eine Flasche Budweiser. Peter zögerte. Schließlich nahm er die Flasche entgegen, wischte mit der Hand durch die Luft und gab sich enttäuscht: »Einmal passiert was Spannendes und du machst gleich einen auf Mr. Cool. Echt jetzt.«

»Na entschuldige, da ist grad ein Mann gestorben.« Daniel hatte bloß eine Antwort gesucht, um sich zu rechtfertigen. Sie bewirkte aber, dass Peter sich schlecht fühlte. Und dann auch er selbst. Man bedachte solche Dinge kaum mehr, wenn man diese und ähnliche Clips ansah. Das schien ihnen beiden jetzt gerade zu Bewusstsein gekommen zu sein.

4

Ein leises Quietschen der Reifen war das Einzige, was im Innenraum des Wagens zu hören war. Harald riss das Steuer um die leere Kurve. Es herrschte um diese Uhrzeit, Viertel vor acht, kaum Verkehr in diesem Teil der Stadt. Als er halb herum war, schoss ein Rettungswagen mit Blaulicht auf ihn zu, mitten auf seiner Spur (es war eine Einbahn). Gerade noch konnte er über den Fußgängerstreifen auf den Bordstein lenken und ausweichen. Ein nachfolgender Lastwagen der Feuerwehr war breiter und riss mit einem Splittern den linken Außenspiegel mit. Harald zuckte nicht zusammen, seine Gesichtszüge änderten sich nicht, jedoch spürte er seinen Herzschlag jetzt doch. Während Feuerwehrautos, Polizeiwagen sowie Zivilstreifen mit heulenden Sirenen an ihm vorbei rasten, dachte er, dass er sich allmählich zu schnell aus der Ruhe bringen ließ. Harald war geborener Tiroler und hatte nach seiner Schulzeit zwölf Jahre in der Spezialeinheit des österreichischen Bundesheeres, dem Jagdkommando, seinen Dienst versehen, ehe er gekündigt hatte. Als klar war, dass sie ein Kind erwarteten, hatte er die Soldatenstiefel an den Nagel gehängt. Zu gefährlich und zu oft im Ausland. Sie waren in die Stadt gezogen, in der seine Frau einen Job bekommen hatte, und nach ein paar Wochen hatte auch er einen Job als privater Leibwächter eines schwerreichen Unternehmers ergattert. Jetzt war er zwar nicht mehr so oft und lange im Außendienst und auf Übung, allerdings musste er quasi permanent, Tag und Nacht, erreichbar sein. Ihn störte das nicht, vielmehr bedauerte er, dass er das Gefühl hatte körperlich und geistig zu verfallen. Die Arbeit war im Vergleich zu seiner vorherigen Tätigkeit ein Spaziergang. Ein Wermutstropfen war jedoch, dass sich Sara regelmäßig an den Arbeitszeiten stieß. Man kann es ihr einfach nicht recht machen, dachte er, als der Konvoi an Einsatzfahrzeugen vorüber war. Rasch lenkte er wieder auf die Straße und setzte seinen Weg fort.

Als er am Schotterrondo vor der Stadtvilla seines Bosses anhielt, wurde er sofort von seinem Kollegen in Empfang genommen. Normalerweise wechselte er sich mit ihm, Schmidt, und einem ehemaligen GSG9-Polizisten namens Hardtmann ab. Aber heute wurden sie alle drei gebraucht. Es ging weniger um Sicherheitsfragen als vielmehr um den Mangel an kurzfristig verfügbarem Personal. Diese Ausnutzung und Verkehrung seines Dienstverständnisses ärgerte Harald manchmal, aber die Überstunden wurden gut bezahlt und oft gab es noch dazu Trinkgeld. Und das für einfache Transporttätigkeiten.

»Und?«, grüßte Harald. Sofort eilten sie in das Gebäude, während Schmidt versuchte ihn auf den neuesten Stand zu bringen:

»Ach, halb so wild. Aber sie wollte, dass du sofort kommst. Der Kleine hat sich unten scheinbar eine Grippe oder so etwas aufgerissen und muss ins Krankenhaus, sagt der Arzt. Sie will ihn aber nicht unbegleitet raus lassen. Und ich selbst muss ja mit dem Chef in zwanzig Minuten zum Galadinner.« Unten, das war Südafrika, wo der Herr des Hauses gerne für zwei Wochen im Winter auf Safari fuhr. Sie, das war die Gattin seines Dienstgebers. Amalia von Sternberg. Der Kleine, das war der gemeinsame Sohn.

Marius Leopold von Sternberg. Ein netter Bengel, wie Harald zu Hause gerne sagte. Er war nicht verzogen, wie man sich das von einem Kind schwerreicher Eltern vorstellte. Ein wenig mager und ständig müde. Aber neugierig und clever für seine fünfzehn Jahre.

»Hardtmann?«

»Ist im Krankenstand.« Sie waren durch den Marmorflur und ein mit zitronenfarbenen Tapeten ausgekleidetes Zimmer gegangen. Gerade eilten Sie durch den Herrensalon.

»Hat er wieder etwas getrunken? Wie damals?«

»Nein, ich denke nicht. Außerdem, was geht es uns an.«

»Warum kann er nicht hier behandelt werden? Wie sonst auch.«

»Weil der Arzt irgendwelche Geräte braucht.«

»Und die kann er nicht mitnehmen?«

»Die wiegen fünf Tonnen oder weiß der Teufel. Sag mal, was stellst du für beschissene Fragen heute?« Schmidt hatte recht. Harald benahm sich in hohem Maße unprofessionell. Er spürte Ärger über sich selbst aufkeimen, nickte und sie traten durch die hohe Flügeltüre in eines der Wohnzimmer. Im Kamin knisterten und knackten brennende Buchenscheite. Unter einer Decke ragten zwei dünne Schläuche heraus und zogen sich zu je einem Infusionsbeutel an einem Chromständer neben dem moosgrünen Möbelstück, auf dem der junge Patient lag. Um die Recamiere standen zwei Männer. Der Hausangestellte. Daneben Wagner, der Leibarzt der Familie. Der Junge war eingewickelt in eine beige Überdecke. Seine Mutter saß bei ihm und tupfte die Stirn mit einem nassen Tuch. Marius war bei Bewusstsein, brabbelte Unverständliches und öffnete manchmal erschöpft die Augen, unter welchen breite, grünliche Ringe lagen. Ein Nachttopf aus Emaille wurde eben von der Haushälterin zurückgebracht und abgestellt. Es wirkte keineswegs so harmlos, wie Schmidt gesagt hatte. Aber Schmidt war für solche Dinge blind. Harald hatte im afrikanischen Tschad gesehen, wie schnell Menschen von irgendwelchen Krankheiten dahingerafft werden konnten.

»... ist es nicht zu verantworten ihn länger hier zu behandeln. Es besteht akute Gefahr einer...«, hörte Harald den Arzt sagen, ehe man auf sie aufmerksam wurde. Zum ersten - und auch zum letzten - Mal sah Harald aufrechte, mütterliche Sorge in den Augen der Hausherrin, als sie sich kurz zu ihnen drehte. Schmidt fragte den Angestellten, ob alles bereit sei. Er bejahte. Von Sternberg redete ihrem Sohn zu, dann machte man sich daran, ihn aus der Bettstatt zu schälen. Die Bewegung aber bewirkte, dass er sich ruckartig zur Seite drehte und, weil er zu schwach war nach dem Nachttopf zu greifen und die Mutter zu langsam reagierte, sich würgend auf den Eichenboden übergab. Sofort wurde der Raum mit einem süß-säuerlichem Geruch erfüllt, die Flüssigkeit war gelblich transparent. Er erbrach Gallensaft. Harald drängte sich an den Männern vorbei und nahm den Jungen hoch, nachdem er sich gefasst hatte. Er ekelte sich nicht vor solchen Dingen. Das hatte er sich nicht leisten können, in seinem vorigen Beruf. Wie eine Braut trug er ihn hinaus. Das Kind legte seinen Kopf auf seine Brust. Oft hatte er mit dem Burschen geplaudert und sich seine Sorgen aus der Schule, seine Interessen und

Ideen angehört. Hatte ihn aufgebaut, als es mit diesem Mädchen aus seiner Klasse, seiner ersten große Liebe, nicht geklappt hatte. Manchmal hatte er das Gefühl, dass das Kind mit ihm öfter redete, als mit seiner Mutter, geschweige denn seinem Vater. Die Wange glühte, das spürte er sogar durch Hemd und Sakko hindurch. Draußen empfing sie die kühle Luft eines milden März. Das Auto stand bereit. Die Mutter nahm auf dem Rücksitz Platz und empfing den Kopf ihres Sohnes auf ihrem Schoß, wonach sich Harald hinter das Steuer klemmte. Als Marius wieder zu röcheln begann, dachte Harald nicht an seine Ledersitze. Dachte nicht an die Sauerei, die angerichtet würde, wie er es bei einer üblichen Krankheit gedacht hätte und wie er es bei der Alkoholvergiftung des Burschen vor drei Monaten zu sich selbst sogar laut gesagt hatte. Diesmal war es ernst, das war nicht nur zu sehen, das war zu spüren.

Tag 2

And I heard, as it were, the noise of thunder

- Johnny Cash

5

Daniel warf seine Kaffeemaschine an, die er zu Weihnachten bekommen hatte. Im Hintergrund raunte Iggy Pop seinen »Passenger«. Es war eine wundervolle Nummer um damit aufzustehen. Er gähnte, als er matt zu den Rollläden sah, welche er einen Spalt offen gelassen hatte und durch die sich jetzt grelles Tageslicht in seine Einzimmerwohnung quetschte. Er hatte extra sein letztes Erspartes für diese Rollläden gegeben, um auch bei Tag in den Genuss eines abgedunkelten Spielerlebnisses zu kommen. Was hatte er Geld dafür ausgegeben. Und jetzt klemmte eines dieser verfluchten Biester. Es war zum Kotzen. Überhaupt arbeitete er eigentlich nur, um sich die kleine Wohnung leisten zu können. Die meisten seiner Kollegen lebten in Wohngemeinschaften. Aber das war nichts für Daniel. Das wusste er. Er würde mit den vielen Menschen und dem Lärm kaum leben können. Da zog er seine eigenen vier Wände vor. Auch wenn sie aus dem unsauber abgetrennten Teil einer viel größeren Wohneinheit in einem alten Hochhaus bestanden.

»Eigentlich bin ich schon ein verdammt untypischer Germanistikstudent«, sagte er zu sich selbst. Seine digitale Spielsammlung war bei Weitem umfangreicher als seine Bibliothek. Sie erstreckte sich gerade mal über zweieinhalb Billy-Regale neben dem PC. Und mindestens die Hälfte davon bestand aus Science-Fiction und Fantasy-Literatur. Er war sich nie sicher gewesen, ob sein Studium das Richtige für ihn gewesen war. Er mochte es, wusste aber nicht, ob es da nicht noch was Besseres geben konnte. Das würde er natürlich niemals offen zugeben. Nur Peter wusste über seine Zweifel Bescheid. Seine Eltern hatten versucht, ihn zu überreden sich für etwas wie Gamedesign, Spielentwicklung oder zumindest Informatik zu bewerben. Hauptsache etwas, das ihn augenscheinlich interessierte. Aber er hatte abgelehnt. Er hatte irgendwelche Ausflüchte erfunden. Niemand hatte ihn verstanden. Und das lag einzig an der Tatsache, dass Daniel konsequent verschwieg, dass er sich durchaus beworben hatte. An der HTW in Berlin, an der Mediadesign in Düsseldorf, ja sogar an der Middlesex University of London. Aber entweder hatte sein Notenschnitt nicht gereicht oder er hatte die Vorauswahl nicht bestanden. Und das konnte er unmöglich vor seiner Familie zugeben. Während seiner ganzen Schulzeit hatte alles darauf hingedeutet und man hatte schlichtweg erwartet, nein vorausgesetzt, dass er diesen Weg einschlagen würde. Er hatte versagt und das durfte niemand wissen. Das Unverständnis über seine Studienwahl hatte zu Spannungen geführt und schließlich dazu, dass er sich immer seltener blicken ließ, wenn es ein Familientreffen gab. Vielleicht war das der Grund, warum er sich als Einziger wirklich gut mit seiner Großmutter verstand. Sie verurteilte ihn nicht. Nur ihr hatte er, neben Peter, mitgeteilt, was der wahre Grund gewesen war. Und sie hatte es mit einem Schulterzucken hingenommen und ihm erklärt, dass er seinen Weg machen würde. Egal wie dieser aussehe. Dann hatte sie ihn umarmt und einen Cappuccino durch die Maschine ihres Kaffeehauses gelassen.

Nachdem Daniel auf der Toilette gewesen war und zurück in die Küchenzeile kehrte, schlug ihm ein fauliger Geruch entgegen. Er hatte gehofft, der Kaffee würde ihn übertünchen, aber dem war nicht so. Er zog sich an und verknotete den Müllsack von unter der Spüle, um ihn hinauszuschaffen.

»Lisa, Nachrichten bitte. Oder nein, spiel mir weiter meine Morgenplaylist«, sagte er, während er den Karton der Pizza zusammenfaltete, die er gestern am Nachhauseweg mitgenommen hatte. Die Sprachsteuerungssoftware reagierte und im nächsten Moment flutete Buffallo Springfields »For what it's worth« aus den sechs Minilautsprechern, die auf die achtundvierzig Quadratmetern Wohnfläche verteilt waren. Draußen musste er sich erst an das grelle Tageslicht gewöhnen. Es war bereits nach Mittag. Kurz ärgerte er sich darüber, die ganze Nacht gezockt zu haben, schob es aber wieder bei Seite, wenn er an den Spaß dachte, den er dabei gehabt hatte. Am Weg von den Mülltonnen zurück begegnete er seinem Nachbarn. Man grüßte sich und wie immer, wenn er ihn sah, kam Daniel nicht umhin, krampfhaft nicht auf die Waffe am Gürtel des Mannes zu starren. Harald Penthes wirkte so erschöpft, wie es Daniel noch nie gesehen hatte. Das Gesicht des Mannes war für gewöhnlich hart wie eine Granitsäule. Er wirkte immer gefasst. Diesmal aber hatten seine Augen etwas Fahriges. Seine Begrüßung war nicht von jener Bestimmtheit durchzogen, wie Daniel es von ihm kannte.

»Harte Schicht gehabt?« Daniel fiel in diesem Moment ein, dass er gar nicht wusste, was genau sein Nachbar für einen Beruf hatte. Lediglich bekannt war ihm, dass der Mann einmal Soldat einer Spezialeinheit gewesen war. Das hatte ihm eine pensionierte Nachbarin auf dem Weg zum Lift einmal aufgedrängt. Er hätte genauso gut Türsteher in einem Club sein können wie Sicherheitschef für ein Casino. Sein Gegenüber schien aber nichts zu bemerken, sondern nickte nur leicht, während der Fahrstuhl die Stockwerke zählte. »Coole Handschuhe«, versuchte Daniel das peinliche Schweigen zu umgehen. Wieder nickte sein Gegenüber bloß. Daniel wollte immer so ein Paar Handschuhe haben. Schwarze, schwere Lederhandschuhe, welche bei jeder Bewegung hart knirschten. Sie erinnerten ihn an einen Hitman.

Zurück in der Wohnung wusch sich Daniel mit viel Seife die Hände, es ekelte ihn, Türklinken und Fahrstuhlknöpfe zu berühren. Da man aber nicht dauernd mit Ellbogen als Ersatz für Finger durchs Leben gehen konnte, ohne Blicke auf sich zu ziehen, wusch er sich bei jeder Gelegenheit die Hände. Manchmal dachte er darüber nach, ob er sich Sorgen deswegen machen müsste. Solange es den Alltag nicht massiv einschränkt, ist es keine Zwangsneurose, hatte jedoch sein Cousin, ein studierter Psychologe, ihm einmal gesagt. Das war beruhigend.

»Lisa, PC anschalten. Flurlicht aus und Nachrichten abspielen, bitte.« Er öffnete die Balkontüre und ließ frische Luft herein, nachdem er die Rollläden hochgezogen hatte (außer jene, die klemmte). Elektrische wären der Hit gewesen, aber dafür hatte sein Geld nicht gereicht. Auf dem kleinen Balkon atmete er kurz ein und ließ den Blick schweifen. Er sah zu dem großen Gelände der Universitätsklinik hinüber, welches drei Viertel des Ausblicks einnahm. Das letzte Viertel, links im Blickfeld, bestand aus einem Ebenbild seines eigenen Wohnhauses. In diesen zwei Blöcken wohnte fast ausschließlich Krankenhauspersonal. Nur über seine Tante, die als Oberschwester in der Gynäkologie arbeitete, hatte er die Wohnung bekommen. Ich muss mich einmal wieder bei ihr melden, dachte er mit einem Anflug von Verdruss. Zurück im Inneren seiner vier Wände spürte er getrocknete Pizzareste unter seinen Füßen knacken. Er musste beim Hinaustragen den Karton schief gehalten haben. Ärgerlich. Nächste Weihnachten würde er sich einen Staubsauger-Roboter wünschen, so viel stand fest. Nachdem er die Krumen beseitigt hatte, nahm er sich ein Joghurt aus dem Kühlschrank und warf sich vor den Bildschirm, als die Worte des Nachrichtensprechers seine Aufmerksamkeit erregten. »...ist es nicht auszuschließen, dass es noch zu weiteren Ansteckungen kommt. Als Ausgangspunkt wird Zentral- und Südafrika angenommen. Nachdem vergangene Woche auch mehrere hundert Menschen in verschiedenen asiatischen Ländern erkrankt sind, gibt es mittlerweile vereinzelt Ansteckungen in Teilen Mitteleuropas und eben auch in Deutschland, wie das Innenministerium heute Morgen bestätigt hat. Dass die Infektion in Europa Fuß fassen konnte, wird durch die milden Temperaturen begünstigt, so Karl Marolt von der Universität Bonn... In dem Fall passt es ja gut, dass uns in den nächsten Tagen ein Wintereinbruch bevorsteht. Birgit Schwarz mit dem Wetter.« Mittlerweile war der PC hochgefahren und Daniel haute bereits eilig in die Tasten. Solchen Meldungen musste er immer sofort auf den Grund gehen. Nichts schenkte ihm mehr Unbehagen ein als die jährlichen Grippeepidemien. Als Ebola vor ein paar Jahren Teile Guineas lahmgelegt hatte, hatte er in einem Anfall von Paranoia bereits das Ende der Welt vorausgesehen und seinen Vater (damals hatte er noch bei den Eltern gewohnt) überzeugt, Wasser und Konservenvorräte anzuschaffen. Er wusste, dass seine neurotische Art das Leben nicht unbedingt leichter machte. Ehe er weiter darüber nachdenken konnte, klingelte Peter durch. Er war bereits online und schien auf Daniel gewartet zu haben. Das Wichtigste hatte er in der Zwischenzeit bereits nachgelesen. Es handelte sich scheinbar um einen Noro-Virus, der für Furore sorgte. Es drängte ihn, noch weiter nachzuforschen. Aber heute nicht. Heute beschloss er, seinen Alltagszwängen nicht weiter nachzugeben. Er nahm Peters Anruf an und streifte das Headset über. Noch drei Stunden, bis er im Kaffeehaus sein musste. Da gingen sich ein paar gute Runden aus.

6

»Sie haben gesagt, ich soll zu Hause bleiben und auf mögliche Symptome achten. Aber an sich haben sie es ausgeschlossen.«

»Ich weiß, ich habe mit der Kollegin telefoniert«, antwortete Sara. Sie hatte sich vom Dienst freistellen lassen, nachdem er sie aus dem Krankenhaus angerufen hatte. Es würde keinen Sinn machen, wenn sie jetzt in die Arbeit ging. Wenn der Verdacht auf eine Ansteckung mit einem derart hochansteckenden Virus in der Familie bestand, verlangte es die Vorschrift und normalerweise auch der gesunde Menschenverstand eine Verbreitung möglichst auszuschließen. Vor allem galt das für das Pflegepersonal, und zu dem gehörte sie als Krankenschwester schließlich. Es musste ja keiner wissen, dass der Verdacht der Ansteckung erst entstanden war, nachdem sie sich zum letzten Mal begegnet waren.

Ihr Mann sah aus wie aus einem Albtraum. Aber er schien nicht krank zu sein. Er zog die Handschuhe ab, welche er im Auto gegen die Einweghandschuhe ausgetauscht hatte, die sie ihm im Krankenhaus gegeben hatten, und setzte sich an den Küchentisch. Langsam schüttelte er den Kopf. Zuletzt hatte sie ihn in einer ähnlichen Verfassung gesehen, als er vor ein paar Jahren von einem Einsatz aus Bosnien zurückgekehrt war. Zumindest hatte er gesagt, dass es Bosnien gewesen war. Er hatte mit ihr nie über seine Arbeit reden dürfen. Sie schenkte ihm Tee ein und strich ihm über die Schulter. Rex, der Malteser-Terrier-Mischling, der so oft der Auslöser für ihre Streitereien in der Vergangenheit gewesen war, legte sich besorgt zu den Füßen seines Herrchens. Nach der ersten Aufregung hatte das Tier schnell gespürt, dass jetzt nicht die Zeit war, für überschwängliches Am-Bein-Hochhüpfen und Begrüßungsbellen.

»Was ist passiert?« Er zögerte. Dann erzählte er, ließ einiges aus, was sich Sara aus dem zusammenreimte, was er bereits am Telefon berichtet hatte.

»Zuerst dachte ich... Gut... Der kleine Scheißer hat die Grippe oder sowas. Keine Ahnung... Aber am Weg ins Krankenhaus hat er begonnen Blut zu brechen. Sie haben ihn sofort auf die Intensivstation gebracht. Zuerst hieß es, er könnte eine Gehirnhautentzündung haben. Dann lautete der Verdacht auf Noro-Virus. Mehr haben sie mir nicht gesagt, sie haben ja mit der Mutter geredet... Ich musste mich um andere Sachen kümmern... Ich hab nicht alles gehört. Sie wollten mich dabehalten, um eine Ansteckung auszuschließen. Kurz bevor sie mich auf die Erwachsenenstation brachten, hat er das Bewusstsein verloren... Er ist im Koma. Der kleine Rohrspatz ist ins Koma gefallen und... Ich habe die Hilflosigkeit in den Augen der Ärztin gesehen. Sie hat allen möglichen klugen Scheiß gelabert, aber ich habe gesehen, dass sie keine Ahnung hatte, was da eigentlich los war. Keine Ahnung, wahrscheinlich hat er sich einen Keim eingeholt. Von denen liest man doch dauernd.« Sara wusste, dass er nicht die Hälfte von dem verstand, was er da sagte. Er war kein dummer Mensch, aber wirklich verstanden hatte er nicht, wie es in ihrem Beruf zuging. Allerdings musste sie ihm zugestehen, dass er recht hatte. Es kam häufig, viel häufiger, als es der Bevölkerung vermittelt wurde, vor, dass man die wahren Gründe für schwerwiegende Zustände wie Ohnmacht, Gedächtnisverlust, Koma oder sogar Tod nicht sofort feststellen konnte. Wirklich sicher konnte man erst sein, wenn der Patient in der Pathologie aufgeschnitten wurde. Und selbst da blieb die Ursachenbestimmung oft eine Vermutung.

»Du musst was essen, Schatz«, sagte sie und ging in die Küche. Harald nickte bloß, in Gedanken versunken. Er hatte ihr oft von dem Jungen erzählt. Von seinem Nahe-Verhältnis, das sich entwickelt hatte. Einmal hatte er nach zwei Glas Wein sogar gesagt, dass er den Job nicht aufgeben wolle, weil ihm der Bursche fehlen würde. Sara reichte ihm eine Banane und forderte ihn auf, Tee zu trinken. Er tat es, schüttelte den Kopf und atmete aus.

»Herrgottverdammt, was muss er den Jungen auch mitnehmen auf 'ne verfickte Safari. Illegal Nashörner abknallen, was soll das bringen? Eine Art perverser Initiationsritus unter Reichen? Schmidt hat gesagt, dass die von den Wildführern in abgesperrte Gebiete geführt wurden und sechshunderttausend Euro dafür gezahlt haben, ein verdammtes Nashorn abzuknallen. Da ist auf so vielen Ebenen so krank... Und davon gibt es vielleicht ein paar Dutzend. Der Alte hat da nichts verloren. Ganz zu schweigen von dem Burschen.« Seine Faust ballte sich. Sie hatte ihn noch nie so wütend erlebt, außer wenn sie sich stritten. Ihr Mann war in der Regel beängstigend pragmatisch und kühl, wenn es um Gefühlsdinge ging. Das war sicherlich eine Nebenwirkung seiner Berufserfahrung gewesen. Aber dieses Thema ging ihm nahe. So nahe, dass Sara sich dabei ertappte, wie sie Eifersucht auf den Jungen fühlte. Es war für sie eine Sisyphusarbeit, Harald dazu zu bringen, seine Gefühle zu äußern. Manchmal musste sie bewusst einen Streit provozieren, um in ihrem Mann Emotionen zu wecken. Und wenn es um diesen Jungen ging, schien das einfach von selbst zu funktionieren.

»Beruhig dich erst mal.«

»Mach bitte die Fenster zu. Es ist so hell. Ich habe Kopfschmerzen.« Er hatte nicht geschlafen und die Anstrengungen der vergangenen Stunden schienen sich jetzt wie eine Bleidecke auf seine Schultern zu legen.

»Lisa, alle Rollläden schließen. Küchenlicht an.«

»Mh... Das hätte ich auch selbst machen können«, er gewöhnte sich einfach nicht an die Sprachsteuerung. Dann machte er etwas, das Sara in den letzten Jahren so gut wie noch nie bei ihm gesehen hatte. Er legte seine Unterarme auf den Tisch und die Stirn darauf. Schnaufte.

»Es tut mir leid was ich heute gesagt habe.« Er griff nach ihrem Oberschenkel. Ihre Augenbrauen bewegten sich aufeinander zu, sie schmiegte ihren Kopf an seine Schulter.

»Du meinst gestern.«

»Ja, gestern...«

Tag 4 und 5

There's something happening here
-BUFFALO SPRINGFIELD

7

Es war Montag. Daniel hatte sich am Vortag um halb zwölf gezwungen den PC herunterzufahren und ins Bett zu legen. Wegen seines verdrehten Tag-Nacht-Rhythmus war er vier Stunden im Dunkeln gelegen, ehe er eingeschlafen war. Nicht einmal Lesen hatte geholfen. Schließlich hatte er den einzigen Kurs, den er an diesem Tag gehabt hatte, verschlafen und war gegen vier zu Peter aufgebrochen. Dieser veranstaltete eine Pen&Paper-Runde mit zwei Freunden. Man traf sich ein, zwei Mal im Monat, saß im Kreis und spielte ein Rollenspiel. Es war einer der wenigen Fixtermine in Daniels realem sozialen Leben. Diesmal war es aber anders. Einer hatte eine Eineinhalbliterflasche Stolichnaya-Wodka mitgebracht. Man müsse schließlich den Semesterstart feiern. Es war Daniel nicht unbedingt nach Trinken, aber andererseits sprach nichts dagegen. Tags darauf, am Dienstag, würde er keinen Kurs haben.

Die meisten starteten ohnehin erst nächste Woche. Und als eine Bekannte von Peter dazu kam, die sich das ganze mal anschauen wollte, brachen alle Dämme. Es handelte sich um Bianca, eine Studentin, die Daniel vor ein paar Wochen kennengelernt hatte und in die er sich hoffnungslos verknallt hatte. Er besoff sich in einer Mischung aus Aufregung und Unsicherheit, bis er kotzen musste. Um halb zwei Uhr morgens ließ er es sich nicht nehmen, sie nach Hause zu begleiten, immerhin wohnte sie nur zehn Gehminuten von ihm entfernt, wie er im Gespräch herausgefunden hatte. Tatsächlich waren es eher zwanzig Minuten. Sie wohnte fast auf der anderen Seite des weitflächigen Krankenhausgeländes. Aber er hatte versichert, dass es sich nicht um mehr als fünf handelte. Und tatsächlich war sie es, die ihn begleitete. Sie fuhren drei Stationen mit der Straßenbahn und spazierten, oder torkelten vielmehr (auch sie hatte gehörig getrunken), den Rest des Weges. Als sie bei einem Lebensmittelladen, nur drei Blocks von Daniels Wohnung entfernt, vorbeikamen, mussten sie einen Umweg machen. Auf dem Bürgersteig ihrer Straße stand ein Rettungsfahrzeug. Blaulicht rollte in hohem Tempo über die Gebäudefassaden. Vor der Auslage des Geschäftes wurde ein Obdachloser, der im Eingangsbereich ein Lager aufgeschlagen hatte, versorgt. Nicht weiter ungewöhnlich. Als sie vorbei waren und gerade um die Ecke biegen wollten, gab es ein grässliches Schreien. Ein Brüllen schallte durch die Straße, das Daniel bis in die Knochen fuhr. Krampfhaft versuchte er seinen Blick zu kontrollieren, aber alles wirkte verzerrt und ultrascharf zugleich. Unecht und grell, obwohl es Nacht war. Endlich war er im Stande halbwegs geradeaus zu schauen. Und was er sah, ließ ihn erschauern. Ein Sanitäter kniete am Bordstein und hielt sich die blutende Wange. Daneben rannte jetzt der Obdachlose, irgendwie auf die Beine gekommen, über die Straße, knallte gegen ein parkendes Auto und raffte sich wieder auf. Dann übergab er sich in einem nicht enden wollenden Schwall. Als hätte er Cola mit Menthos geschluckt, dachte Daniel. Er wusste nicht, wie lang er zugesehen hatte, aber als er einmal geblinzelt hatte, waren zwei weitere Rettungswagen und eine Polizeistreife da und versperrten die gesamte Straße. Der Obdachlose lag auf einer Trage festgezurrt und der blutende Sanitäter wurde gerade in ein Fahrzeug gehievt. Als er es Bianca mitteilen wollte, stellte er fest, dass sie an einer Hausfassade hockend eingeschlafen war. Irgendwie bekam er sie munter und sie torkelten, während ein paar Wintervögel eines kleinen Stadtparks den Morgen einzwitscherten, nach Hause. Zu ihr.

Daniel erwachte mit dem typischen Gedankengang, ob ihm nicht jemand vergangene Nacht einen Baseballschläger über die Rübe gezogen haben könnte. Ihm war so unerträglich heiß, dass er versuchte, sich von der Decke zu befreien. Aber da war keine. Es brauchte einige Zeit bis er den klebrigen Eiter aus den Augen gewischt hatte und sich die verschwommenen Eindrücke zu einem Bild zusammenfügten. Eine weiße Decke. Eine mehrarmige Deckenleuchte. Er drehte ich herum und ein Schmerz schoss in seinen Nacken, dass er meinte ohnmächtig werden zu müssen. Sein Mund fühlte sich an, als hätte er Sand geschluckt. Verdammt. Er hatte bestimmt kein Wasser getrunken, als er nach Hause gekommen war. Endlich konnte er an sich hinabsehen. Sein T-Shirt klebte ihm am Leib und hatte sich bis zu den Brustwarzen hochgerollt. Davon abwärts war er völlig nackt. Sofort wurde ihm peinlich, wie mickrig sein Penis in dieser Position aussah. Angestrengt drehte er sich herum und wäre beinahe aus dem Bett gefallen, als brüllende Übelkeit durch sein Gedärm herauf und in seine Kehle stieg. Es war ein Kampf um Leben und Tod, jetzt nicht zu kotzen. Vorsichtig legte er sich zurück und versuchte einen Überblick zu gewinnen. Er lag neben einer Couch auf einem kalten Parkettboden. Unter dem dazugehörigen Tisch hindurch sah er Biancas Umrisse in einem Bett liegen. Mehr war nicht zu erkennen. Es war dunkel. Durch die Balkontüre des Zimmers fiel ein nächtlicher Schein aus Mondlicht und Leuchtreklamen. Greisenhaft griff er nach einem der Gläser, die auf dem Tischchen standen. Etwas, das nach Wasser aussah, führte er zu den Lippen. Er schmeckte nichts. Es hätte zwanzig Tage alt sein können oder das Wasser für die Pinsel, die Bianca für das Bemalen ihrer Miniaturen benutzte (sie war, wie Peter, Tabletopspielerin, daran konnte sich Daniel jetzt erinnern). Es interessierte ihn nicht. Er trank. Er hatte nicht die geringste Ahnung, wie er hier hergekommen war. Aber es war ihm auch egal. Er brauchte Luft. Abkühlung. Jetzt. Möglichst darum bemüht, Lärm zu vermeiden, kroch er zur Balkontüre. Sie war nur eineinhalb Meter entfernt, trotzdem stieß er irgendetwas um. Er schluckte. Verharrte. Wenn sie ihn jetzt auf allen vieren und mit nacktem Arsch sehen würde, würde er im selben Augenblick im Erdboden versinken. Doch sie rührte sich nicht. Ein süßlicher Geruch stieg ihm in die vertrocknete Nase. Als er zurückblickte, sah er einen Aschenbecher. Darin selbst gedrehte Zigaretten. Jetzt wusste er wieder in etwa, wie er hier hergelangt war. Und vor allem fiel ihm ein, was dann gefolgt war. Es waren keine Zigaretten gewesen. Zum zweiten Mal in seinem Leben hatte er Marihuana konsumiert. Und dann fiel ihm ein, was sie danach gemacht hatten. Oder zumindest versucht hatten. Er musste ein glückliches Lächeln unterdrücken um seinen Mageninhalt in sich zu behalten. Nachdem er über die Schwelle gekrabbelt war, konnte er nicht widerstehen sich sofort auf die kühlen Fließen zu legen. Es fühlte sich an wie kalter Quark auf einen Sonnenbrand gestrichen. Daniel wusste nicht, dass er einige Minuten in einen erschöpfenden Schlaf gesunken war, ehe er sich an einer kleinen Rattanbank hochzog und keuchend darauf niedersank. Eine Decke berührte seine Haut, er zog sie notdürftig über sich. Angestrengt versuchte er erneut einen klareren Blick zu fassen. Er blinzelte. Reklamelichter brannten in seinen Augen. Es war Nacht. Jetzt konnte er sich an einen Moment entsinnen, nicht mehr als ein loser Fetzen in seiner Erinnerung, in dem die Sonne bereits in voller Stärke in die Wohnung geglüht hatte. Vielleicht war es schon Mittag gewesen, ehe sie eingeschlafen waren.

Die Augen wollten nicht offen bleiben, also schloss er sie. Nur einen Moment. Plötzlich riss ihn ein ohrenbetäubendes Brummen aus dem Halbschlaf. Die Luft um ihn herum und die Bank, auf der er saß, vibrierten, als ein Helikopter knapp über ihm über das Dach flog und sich mit hoher Geschwindigkeit entfernte. Erschrocken folgte er ihm, bemerkte, dass das alles viel zu leise war und zog sich rosarote Ohrwärmer, die aus irgendeinem Grund auf seinem Kopf saßen, herab. Daran, wie er zu ihnen gekommen war, konnte er sich nicht erinnern. Erst jetzt, als hätte jemand die Stummtaste deaktiviert, prallte ihm die volle Lärmkulisse der Welt ins Gesicht. Er hörte, freigegeben von dem sich entfernenden Surren der Rotorblätter, Sirenen und Autoreifen. Hupen. Rufe. Es waren keine Leuchtreklamen gewesen. Es waren die Lichter der Universitätsklinik. Blaues und rotes Licht von Einsatzfahrzeugen. Blinkende Helikopterscheinwerfer. Lampen in den Gebäuden. Hell erleuchtete Fenster. Neonscheinwerfer oder Natrongasdampflampen, wie man sie auf Baustellen verwendete. Hektische Bewegungen, unzählige Fahrzeuge und noch viel mehr Menschen rannten dort unten durcheinander. Von seiner Wohnung aus hatte er keinen Blick darauf, aber von hier aus sah man direkt zum Eingang der Notaufnahme. Dort waren weiße und olivgrüne Zelte aufgeschlagen. Menschen in weißen Mänteln, Polizisten rannten durcheinander. Menschen in blauen und grünen OP-Kitteln. Die Straßen, die wie orange beleuchtete Adern zum Gelände des Krankenhauses führten, waren kaum befahren. Zwei Fahrzeuge brannten und wurden eben von Feuerwehrleuten mit Tonnen weißen Schaums gelöscht. Irgendwo knallte ein Schuss. Dann noch zwei. Die Menschen am Krankenhausgelände verharrten kurz und wuselten erst nach einer sich wenig ziehenden Schrecksekunde weiter. Sein Verstand versuchte die Bilder zu verarbeiten, wurden aber torpediert von den Schmerzen, die seinen verkaterten Schädel durchzogen. Hinter ihm ging das Licht ein. Bianca stand, in einen Bademantel gehüllt, in der Balkontüre und starrte entsetzt auf das Spektakel dort unten. Sie sahen einander ungläubig an, konnten nicht fassen, was da vor sich ging, und noch viel weniger verstehen, was die Ursachen dafür waren.

»Ich weiß nicht«, stammelte Daniel, ohne etwas gefragt worden zu sein.

»Ich muss meinen Vater anrufen«, antwortete sie. Als sie in die Wohnung zurückstürzten, stieß sich Daniel das Schienbein an der Kante des Wohnzimmertisches und schrie auf. Sie beachtete ihn nicht. Suchte nach ihrem Telefon. Er tat es ihr gleich. Ihres lag unter dem Bett, seines fand er in den Hosen, zu welchen er gestolpert war, gehindert von der Decke, die er am Balkon gefunden hatte und die nur noch halb um seine Lenden gewickelt war. Die Akkus waren leer. Als sie sie ansteckten, verstanden sie auch warum. Unzählige Anruf-in-Abwesenheits-Meldungen poppten auf. Kurznachrichten. Mailboxeinträge. Alle von nahen Verwandten. Auch von Freunden. Sie brauchten zähe Sekunden, bis sie die immer wieder neu erscheinenden Meldungen weggewischt hatten. Er rief seine Mutter an. Sie ihren Vater. Daniel hörte nur die Mobilbox. Biancas Verbindung riss zwei Mal ab, ehe jemand abhob. Nervös erklärte sie: »Sie wohnen am Land. Da ist die Verbindung immer schlecht.« Es klang, als wollte sie damit sagen: Es ist alles in Ordnung. Das ist normal so. Das gehört sich, dass wir uns kaum verstehen, wenn wir telefonieren. Nichts Außergewöhnliches. Kein Grund zu Aufregung. Und Daniel merkte, dass ihr Beruhigungsversuch eher ihr selbst galt als ihm.

»Papa? Hallo?... Wo seid ihr? Ja, nein. Mir ist... Es geht mir gut. Ja! Wo... Wo? Papa? «

Sie war immer lauter geworden. Hatte sich automatisch ein Ohr zugehalten und weggedreht, wie man es automatisch machte, wenn die Verbindung schlecht war. Es war tatsächlich unnütz, denn hier drin war es nicht laut. Sie hatten die Balkontüre hinter sich zugezogen. Nach wenigen Sekunden brüllte sie ins Telefon. »Papa? Wo seid ihr? Ich bin daheim. Nein, warte. Antworte mir doch... Ich versteh dich nicht. Geh in die Küche. Ich kann dich nicht... Papa? Ich höre dich nur ganz abgehackt... P a p a ! . . . F u c k ! «

»Was ist los?«, fragte Daniel. Was für eine idiotische Frage, schalt er sich im selben Moment. Sie antwortete nicht. Versuchte es noch einmal, bekam aber kein Freizeichen. Beide probierten sie es weiter. Ohne Chance. Daniel sah sich um. Er suchte nach einer Fernbedienung, erkannte aber kurz darauf, dass es in dem Raum nicht einmal ein Gerät für eine Fernbedienung gab. »Wo ist dein Fernseher?«, sagte er entgeistert.

»Ich habe keinen.«

»Laptop?«

»Hab ich in der Uni gelassen.«

»Computer? Tablet?«, seine Stimme überschlug sich fast vor Hektik.

»Ich bin Kunststudentin.«

»Willst du mich verarschen?«, er kreischte jetzt fast.

»Nein. Ich hab ein Smartphone für daheim und sonst den Laptop, den nehm ich nur zum Lernen mit nach Hause.«

»Spinnst du?«

»Fick dich«, schrie sie ihn aufgebracht an und gab ihren zitternden Knien nach. Er schüttelte bloß den Kopf, es schmerzte. Mit ein paar Bewegungen versuchte er via seinem Smartphone eine Internetverbindung herzustellen. Es klappte... Zumindest dachte er das. Im Browser musste er erkennen, dass dem nicht so war.

»Geht dein Internet?«

»Nein.« Sie wischte verbissen auf ihrem Bildschirm herum.

»W... Was machen wir jetzt?« Er suchte ihren Blick, aber sie starrte bloß auf ihre Knie. Dann sprang sie auf, kam ins Taumeln und stürzte fast, ehe sie das Badezimmer erreichte. Das Schloss knackte hinter ihr.

»Fuck!«, fluchte jetzt Daniel. »Fuckfuckfuck!« Er biss sich auf die Unterlippe. Versuchte nachzudenken, aber sein Schädel drohte zu platzen.

»Hast du eine Ahnung, was da draußen los ist?« Keine Antwort. Wieder fluchte er und schlug mit der flachen Hand gegen das Sofa. Dann raffte er sich auf, bewegte sich unsicher und tapsig in die Küche und drehte den Wasserhahn auf. Er steckte den ganzen Kopf darunter, sodass sein Schädel umfangen wurde vom wohlig stechenden Strahl, der sich um seine Haare, um sein Gesicht und den Nacken hinunter legte. Dann trank er. So viel er konnte. Beinahe knallte er mit dem Hinterkopf gegen den Küchenkasten über ihm, als er hochfuhr. Mitbewohner. Die Wohnung wirkt zu groß für eine Person. Er stieg eilig in den Flur. Neben der Badezimmertür waren da noch vier weitere. Die erste stellte sich als Abstellkammer heraus.

Ohne nachzudenken, stieß er die nächste auf. Die Toilette. Jetzt spürte er den quälenden Drang sich zu erleichtern. Es brannte fast. Egal. Nächste Tür. Ein voll eingerichtetes Zimmer. Ein Bett. Ein Kasten. Ein Schreibtisch. Fotos. Bücher. Aber kein Mensch. Nächste Tür. Die letzte. Ein weiteres Zimmer. Genauso verlassen wie das vorherige. Er hielt inne. Musste sich an der Klinke festhalten.

»Die sind noch in den Ferien. Kommen erst nächste Woche«, hörte er Biancas Stimme. Sie war aus dem Badezimmer getreten und hatte andere Kleidung an.

»Was machen wir jetzt?«

»Ich habe keine Ahnung.«

»Das darf doch nicht wahr sein.«

8

»Gut. Danke für deine Zeit.« Sara legte auf und atmete tief ein und aus. In den drei Minuten, die ihre Freundin von der Arbeit Zeit gehabt hatte, waren sieben neue Nachrichten mit den immer selben Fragen, nur unterschiedlich formuliert, eingetrudelt. Als einzige Angestellte im Gesundheitswesen in ihrem Familien- und engeren Freundeskreis war sie schon immer die Ansprechperson Nummer eins in gesundheitlichen Belangen gewesen. Es hatte Harald oft geärgert, wenn sie in der wenigen Freizeit, die sie gemeinsam hatten, oder noch schlimmer: im Urlaub wegen einer Grippe, einer Bindehautentzündung oder einer Angina von allen möglichen Leuten angerufen wurde.

Und das obwohl er selbst quasi permanent verfügbar sein musste.

Für gewöhnlich antwortete sie pflichtbeflissen. Heute hatte sie aber genug davon. Sie hatte allen die immer gleichen Informationen gegeben. Oft die Hände waschen, Einkauf vermeiden, in der Arbeit regelmäßig Desinfektionsmittel verwenden und krankmelden, wenn bekannt wurde, dass ein Kollege betroffen war oder ein Mitschüler, wenn es um Kinder ging. Aber die Leute wollten nicht aufgeben. Sie wollten mehr wissen. Dabei hatte sie selbst keine Ahnung, was sie noch sagen sollte. Sie öffnete ihren Apothekenschrank und ging die Regale durch. Als Krankenschwester erfüllte sie das Klischee, fast besser ausgerüstet zu sein als so mancher Hausarzt. Sie nahm oft Ärztemuster und häufig gebrauchte Utensilien und Medikamente mit. Viele ihrer Kolleginnen taten das nicht, aber es war nun mal noch immer verdammt leicht, an Medikamente zu kommen. Sie wusste, dass sie in den Augen der meisten Menschen wohl zu leichtfertig mit Schmerzmitteln umging, schob es jedoch auf ihren Berufsstand, dass die Hemmschwelle hierbei eine ziemlich niedrige war. Sie zog sich frische Einweghandschuhe an, streifte eine Gesichtsmaske über und drückte eine Aspirin aus einer Packung, um sie auf das Tablett zu legen, das sie bereitgestellt hatte. Kräutertee, eine frische Karaffe Wasser und Zwieback lagen da nebst einer aufgedrückten Banane. Dann überlegte sie. Was ihre Kollegin, sie hieß Anja und war in den letzten Jahren eine gute Freundin geworden, soeben am Telefon erzählt hatte, klang gar nicht gut. Sie wussten noch immer nicht, worum es sich wirklich handelte. Die offiziellen Informationen besagten, dass es sich um ein Noro-Virus handelte. Dabei war das mittlerweile ganz und gar nicht mehr Stand der aktuellen Vermutungen. Im Klinikum gingen die Meinungen der Verantwortlichen auseinander. Hannes Müller, ein junger Internist, hatte dem Oberarzt der HNO-Station im Streit darüber sogar eine Ohrfeige verpasst, hatte ihre Anja erzählt. Einig war man sich unter den Fachleuten jedoch darin - und das wurde auch nach außen kommuniziert -, dass die Krankheit über ein noch nie dagewesenes Infektionspotenzial verfügte. Dies und einige der Symptome hatten auf das Noro-Virus hingedeutet. Aber in Wirklichkeit fischte man im Trüben. Sara ging in den Flur und wühlte ihre Regenjacke heraus. Es war ein gelber Mantel, der aus einer alten Öljacke, wie sie Hochseefischer trugen, geschneidert worden war. Super modisch im vergangenen Herbst. Sie überlegte, ob sie ihn anziehen sollte. Dann warf sie ihn weg und riss sich den Mundschutz und die Handschuhe vom Leib. Es war sinnlos. Die Erkrankten waren lange vor Ausbruch der ersten Symptome hoch ansteckend und bis Sara begonnen hatte sich zu schützen, hatte sie, nachdem die Ärzte ihn nach Hause geschickt hatten, drei Tage ungeschützt mit ihrem Mann verbracht. Sie hatte sich garantiert längst bei Harald angesteckt. Kopfschmerzen stellten sich ein, als sie kurz verharrte und sich ärgerte. Jetzt konnte sie ihn noch pflegen, aber was würde sie machen, wenn sie beide zu schwach waren, um sich zu bewegen. Ihre erste Intention war es gewesen, ihn ins Krankenhaus zu bringen. Aber die Dinge, die sich dort heute, Montagabend, abspielten, schreckten ab. Wir sind derart überfordert, hatte Anja gesagt, dass es euch daheim sicher besser geht. Das Personal schob Dreifachschichten und konnte ohne Aufputschmittel kaum mehr stehen. Viel zu viele erschienen einfach nicht zur Arbeit. Ob aus Angst oder Erkrankung, war nicht abzuschätzen. Sara fluchte innerlich. Es ließen sich ohnehin nur die Symptome behandeln. Nicht die Ursache. Auch das hatte es gemein mit dem Noro-Virus. Das wäre nicht weiter dramatisch gewesen, wenn sie nicht gewusst hätte, dass ein akuter Verlauf in ungewöhnlich vielen Fällen mit Koma und Tod enden konnte. Das war einer der Unterschiede zu besagtem Virus. Verbissen versuchte sie, eine ruhige Miene aufzusetzen, als sie das Tablett aufnahm und mit dem Ellbogen voran die Türe öffnete. Harald lag zwischen den Laken ihres Ehebetts und versuchte der Sitcom im Fernsehen über der Kommode zu folgen. Bis heute Morgen hatte er keinerlei Anzeichen gemacht, sich angesteckt zu haben. Als sie gegen Mittag mit Einkäufen nach Hause gekommen war und sie gerade verstaute, war es losgegangen. Eben wollte sie davon erzählen, wie viele Leute sie gesehen hatte, die Mundschutz trugen, und dass es aussah wie in diesem Soderbergh-Streifen »Contagion«, den sie vor zwei, drei Monaten gesehen hatten. Sie musste lachen. Er drehte sich von der Couch aus zu ihr, wollte etwas sagen und erbrach plötzlich und in großen Mengen seinen Mageninhalt auf den Boden des Wohnraumes. Ein paar Minuten später kam der Durchfall dazu, und den Rest des Tages hatte sie alle Hände voll zu tun, für eine halbwegs ausreichende Flüssigkeitszufuhr zu sorgen.

»Danke Schatz«, sie konnte ihm jetzt ansehen, dass er es ein wenig genoss, krank zu sein. Ihr Mann war ein sogenannter harter Kerl. Als ehemaliger Elitesoldat erfüllte er unzählige Klischeevorstellungen, die man von solch einem hatte. Er wirkte hart, aber hatte einen gerechten und ehrlichen Kern. Er trieb viel Sport (unter anderem hatte er Sarah dazu gezwungen, unzählige Kletterkurse, seine große Leidenschaft, mit ihm zu absolvieren). Selten traf er sich mit Freunden auf zwei Bier in einer Sportbar und blieb nicht länger weg als bis elf. Seine Hobbys drehten sich neben Sport um Waffen und Fahrzeuge. Ein weiteres Klischee, das er erfüllte, war jedoch auch jenes, dass er im Krankheitsfall, wenn er einmal zu krank war, um arbeiten zu gehen, zu einem wehleidigen Kleinkind wurde. Er tat ihr trotzdem leid. Sie spielte sein Spiel mit, es war irgendwie liebenswürdig. Gleichzeitig aber rumorte in ihr die Sorge. Die Situation war ernster, als sie es ihm gesagt hatte. Sie hatte ihm erzählt, dass die Krankheit bei Erwachsenen wohl wesentlich harmloser verlief als bei Jugendlichen, als sie erfahren hatten, dass Marius aus dem Koma noch immer nicht erwacht war. Sie hatte gelogen. Wenn er wüsste, was sie gehört hatte, würde er das Patientengehabe beiseite wischen und versuchen mit der Lage zurecht zu kommen. Und das würde zu viel Kraft kosten. Sie war erleichtert, dass er hier drin kein öffentliches Fernsehen empfing, sondern bloß Streamingdienste privater Anbieter. Keine Nachrichten. Sein Handy hatte sie ihm weggenommen. Er hatte keine Ahnung, was wenige hundert Meter von ihnen entfernt, im Krankenhaus, vor sich ging. Sie küsste ihn auf die Stirn und er scherzte: »Wenn ich dann gesund bin, kommt es gerade recht, dass ich dich pflegen kann, nachdem ich dich angesteckt habe.« Sie bejahte lachend und hörte die Künstlichkeit in ihrer eigenen Stimme. Er schien es aber nicht mitzubekommen. Als sie aufstand sah sie ihn noch einmal an. Er hatte die Augen kurz geschlossen und atmete leise. Gänsehaut kroch über ihren Rücken, als sie daran dachte, was ihre Freundin zum Schluss gesagt hatte: »Einige der Infizierten sind im Fieberwahn regelrecht durchgedreht. Sie haben uns angegriffen. Markus von der Zweiten hat einen offenen Nasenbeinbruch und Anna hat sich den Arm ausgekugelt. Und das ist nur, was hier bei uns abgeht. Wir mussten sie niederspritzen wie Stiere.« Sara arbeitete gemeinsam mit Anja auf der HNO-Abteilung, und erst kurz vor ihrem Telefonat hatte man aus Kapazitätsgründen angefangen Patienten von der Internen und der Notaufnahme zu ihnen zu verlegen. Sie wollte sich nicht ausmalen, was dort los war. »Denen hat es alle Sicherungen rausgehauen. Selbst auf ihre Angehörigen sind sie losgegangen...«, hatte sie gesagt. Sara betrachtete ihren Mann. Er war eingeschlafen und sein muskelbepackter, breiter Brustkorb hob und senkte sich leise. »...Das waren keine Menschen mehr.«

Tag 6

Yesterday, all my troubles seemed so far away

-PAUL MCCARTNEY

9

Es war bereits nach Mitternacht, als sie aus ihrer Wohnung traten. Zwei Türen weiter klopfte Bianca an die Tür einer Nachbarin. Sie würde ihnen weiterhelfen können. Oder zumindest einen Fernseher haben. Es meldete sich niemand. Sie läutete. Alles blieb leise.

»Niemand da«, sagte sie enttäuscht.

»Versuch's nochmal.« Aber es half nichts. Kurzerhand klopfte Daniel gegen die nächstbeste Tür.

»Nicht!«, raunte Bianca aufgeregt. »Da wohnt nur ein alter, zorniger Mann. Der macht nicht auf.« Daniel suchte sich entnervt eine weitere Tür. Er hämmerte mit der Faust dagegen. Bianca griff nach seiner Hand. Wollte ihn wegziehen. »Da drin sind nur irgendwelche zwielichtige Typen.«

»Du wirst doch wohl mehr als eine halbwegs verlässliche Nachbarin haben!«

»Nein. Ehrlich gesagt kenne ich hier so gut wie niemanden. Das interessiert mich auch nicht. Das sind alles keine Leute, mit denen man sich gerne zum Nachmittagskaffee trifft.«

»Und wenn schon.« Wieder hämmerte er gegen die Tür. Im Inneren hörte er ein Klicken. Ein Lichtschalter?

»Hallo. Hallo? Ich weiß, dass Sie da drin sind. Wir brauchen Hilfe«, schrie er durch die Türe. Bianca flehte ihn an, es sein zu lassen. Ihre Reaktion war unnötig übertrieben, fand er. Kurz überlegte er, ob er sie einfach dalassen und heimgehen sollte. Entschied sich dann aber dagegen und schimpfte sich selbst einen Heuchler. Es machte ihn wütend. Er wurde lauter. Wieder klickte es im Inneren. Es klang jetzt nicht mehr wie ein Lichtschalter. Aber Daniel wollte sich nicht beirren lassen und trat mittlerweile sogar gegen die Tür. Die Aufregung ließ ihn jähzornig werden. Die Ignoranz der Person im Inneren fachte seine Wut nur noch weiter an.

»He hallo, hier sind Leute, die Hilfe brauchen verdammt. Ich habe Sie gehört. Machen Sie auf!« Er hielt inne und wartete auf eine Reaktion. Plötzlich krachte es und die Tür vibrierte. Daniel fuhr zusammen. Jetzt wurde offensichtlich von der Innenseite dagegen geschlagen.

»Mann, verzieh dich oder ich knall dich ab, du Lackaffe!«, drang eine aggressive Stimme heraus. Plötzlich wurde ihm gewahr, dass es sich bei dem Klicken um eine Waffe gehandelt haben könnte. Er war so verdattert, dass er für einen Moment zu lachen drohte über die Absurdität der Situation. Wie in einem schlechten Film, dachte er und schüttelte den Kopf. Dann wurde ihm jedoch bewusst, dass durchaus die Möglichkeit bestand, dass jederzeit eine Kugel durch die Holztür knallen und ihn umbringen konnte. Er riss die Augen auf und stürzte zur Seite, rammte Bianca dabei beinahe um und zog sie mit sich zurück in ihre Wohnung, welche sie bereits wieder aufgesperrt hatte, während er mit Klopfen beschäftigt gewesen war.

Zwanzig Minuten später hatten sie sich abreisebreit gemacht. Sie würden zu seiner Wohnung hinübergehen. Die Situation draußen schien sich nicht zu bessern und die Aussicht auf Information via Fernsehen oder Internet war zu verlockend.

»Sag mal, was hast du eigentlich für Nachbarn?«, fragte er, während er seine Schnürsenkel zuband. Er versuchte es lustig zu sagen, aber seine Stimme verriet Angst.

»Ich hab dir doch gesagt, dass das komische Leute sind.«

»Ja schon, aber das ist eine doch etwas zu heftige Reaktion, nicht?«

»Ja... Stimmt... Ich meine, der Kerl war schon immer seltsam. Aber eigentlich ganz nett.«

»Du kennst ihn?«

»Naja, so gut, wie man seinen Dealer halt kennt.«

»Seinen, seinen...«, Daniel verschluckte sich. »Seinen Dealer?« Sie grinste ihn an. Die Situation lockerte sich auf. »Oh Mann, hätte ich gewusst, dass ich mich hier mit einem weiblichen Snoop Dog einlasse, hätte ich mir das gestern vielleicht doch noch überlegt.«

»Ja was denkst du, wo ich das Zeug her hab, das wir geraucht haben?«

»Keine Ahnung. Ich nehme ja keine Drogen. Also sonst. Und außerdem, warum sollte jemand, der Gras verkauft, automatisch ein Typ wie aus einem frühen Tarantino-Film sein?«

»Haha! Na, er vertickt ja auch noch andere Sachen.« Sie sagte es mit einer beängstigenden Selbstverständlichkeit und lachte. Er versuchte es auch, aber es wollte ihm nicht so recht gelingen.

»Und ich dachte, diese Zeiten wären vorbei. Hanf als Einstiegsdroge und so... Hast du alles?«

»Was sollte ich sonst mitnehmen?«

Sie hatte einen Rucksack gepackt mit Wäsche für zwei, drei Tage und einer Kulturtasche. Daniel konnte sich nicht vorstellen, dass es notwendig werden würde und dass sie morgen Mittag wohl schon wieder nach Hause zurückkehren würde, nachdem sich die Situation erst einmal beruhigt hatte. Aber das Einpacken hatte etwas von Abenteuer. Etwas von einem Spiel unter Kindern. Es machte ihnen den Versuch leichter, verantwortungsvoll und angemessen zu handeln. Noch immer wussten sie nicht, was da vor sich ging. Das war das Schlimmste. Hätte sie ein Empfangsgerät gehabt oder einer ihrer Nachbarn hätte sie eingelassen, sie würden die Nacht wohl hier verbringen. Und das wäre die deutlich bessere Entscheidung gewesen, das wusste er. Daniel sah wieder auf ein Smartphone. Noch immer kein Empfang.

»Na gut, gehen wir.«

Sie waren auf die Straße getreten und vom dumpfen, orangen Licht der Straßenlaternen empfangen worden. Es war kein Mensch zu sehen. Nur vom Krankenhausgelände her hörte man wirre Stimmen und sah Einsatzlichter wirr in den Himmel strahlen. Die Geräusche waren hier unten wie abgeschirmt, als wären sie weit weg. Dabei trennten nur ein paar Bäume des Grünstreifens, der die Anlage umgab, die Straße von der Notaufnahme. Links, ein paar Dutzend Schritte entfernt, standen zwei Polizeiautos mit offenen Türen und Blaulicht vor einer der Einfahrten zum Klinikum. Die Beamten lehnten an den Motorhauben oder saßen auf den Beifahrersitzen. Gerne hätte Daniel nachgefragt. Aber Polizisten machten ihm Angst und sowieso hätten sie wahrscheinlich nicht rausgerückt mit der Sprache. Sie gingen in die andere Richtung. Aber schließlich kehrte Daniel doch um und lief auf die Straßensperre, oder was auch immer man damit bezwecken wollte, zu. Von weitem kam ihm eine uniformierte Frau mit dunklem Pferdeschwanz und heller Haut entgegen. Sie war jung, aber nicht unerfahren, das vermittelte ihre Körpersprache. »Bitte geht nach Hause.« Daniel störte sich gar nicht daran, dass er geduzt wurde. Manchmal ärgerte er sich darüber, wenn ihn Amtspersonen nicht als erwachsenen wahrnahmen. Aber jetzt hatte er keine Gedanken dafür. »Was ist passiert?«

»Erfahrt ihr aus den Nachrichten. Wir können auch nicht mehr sagen.«

»Das ist es ja. Wir haben keine Möglichkeit welche zu sehen.«

»Bitte... Geht heim. Geht zurück, wo ihr hergekommen seid. Es gibt keinen Grund zur Panik.«

»Aber...«

»Wir müssen die Straße hier für Einsatzfahrzeuge freihalten.«

Daniel sah sich um. Seit er mit Bianca herausgekommen war, waren bloß zwei Rettungswägen ohne Sirene und eher langsam Richtung Krankenhaus gerollt. Jetzt war kein einziges Auto zu sehen. Abgesehen von jenen, die am Straßenrand parkten.

»Bitte... Es...«

»Ich kann euch nicht helfen. Bitte geht jetzt.« Sie bemühte sich offensichtlich darum, einen guten Job zu machen. Ihre Augen verrieten Verständnis. Ihre Haltung sprach das Gegenteil. Daniel sah zu ihren Kollegen, die mit einem Anflug von Argwohn herüberblickten. Er schürzte die Lippen. Sie sagte mit leiser, ruhiger Stimme:

»Ernsthaft. Seht zu, dass ihr euch daheim einsperrt. Und kommt nicht mehr raus, bis alles ruhig ist. Glaub mir.« Es war ein fürsorglicher, fast mütterlicher Ton in ihrer jungen Stimme. Ihre Körperhaltung hatte sich für einen Moment geändert. Sie war freundlich. Einladend. Besorgt. Daniel nickte langsam. Dann plötzlich versteifte sie sich wieder und kehrte zurück. Resigniert brachen auch Daniel und Bianca auf.

Nach ein paar Minuten begann sie zu kichern. Sie blieb stehen und lachte leise. Daniel versuchte ständig alles im Blick zu behalten. Sein Puls war auf über hundert, das spürte er. Und dann begann sie einfach aus heiterem Himmel zu kichern. Sie schien den Ernst der Lage nicht zu kapieren... Welche Lage eigentlich? Auf jeden Fall machte es ihn wütend.

»Was?«, schnauzte er sie an, nachdem sie keine Anstalten gemacht hatte, ihn aufzuklären. Schließlich tat sie es aber doch, indem sie mit erhobenem Finger auf ihn zeigte.

»Du... Hm... Du... Hihi... Du siehst so witzig aus!« Damit konnte er nichts anfangen. Er sah an sich hinab und brauchte ein paar Sekunden, bis er verstand, was sie meinte. Daniel trug seinen schwarzen Wintermantel, mit dem er zu Peter vor mittlerweile eineinhalb Tagen aufgebrochen war. Darüber seine Umhängetasche. Im Treppenhaus hatte er Bianca ihren kleinen Trekkingrucksack abgenommen und ihn über die Schultern gestreift. Tatsächlich wusste er, wie idiotisch er aussah, wenn er Mantel und Rucksack trug. Dafür war er in der Schulzeit zum Trottel des Monats abgestempelt worden. In einer ersten Reaktion wollte er den Rucksack abstreifen, was ihn nur noch lächerlicher hätte wirken lassen. Er entschloss sich, es mit Humor zu nehmen. Oder zumindest, es zu versuchen. Er ging langsam weiter und legte sich eine Antwort zurecht.

»Kannst ihn ja selber tragen, wenn du willst.« Nicht besonders originell, aber ihm fiel nichts Besseres ein.

»Nicht doch, dafür fehlt mir der coole Mantel.« Er musste grinsen. Sie neckte ihn auf niedliche Weise. Nicht bösartig. Das begriff er erst jetzt. Er versuchte, ihr in die Seite zu kneifen, sie hüpfte zur Seite und zeigte ihm übermütig die Zunge. Was war sie doch für ein spannendes...

Ein Motorheulen ließ ihn herumfahren. Es quietschten Reifen um die Kurve, eine Achse knatterte gequält, als ein alter VW vor ihnen erschien und auf sie zuraste. Obwohl sie am Bürgersteig standen, drückte Daniel Bianca intuitiv mit einer Hand schräg hinter sich. Das Auto fuhr nicht, es flog fast. Nur eine Sekunde hatte er, um zu sehen, dass von innen irgendetwas gegen das Fenster der Rückbank schlug und ein dunkelroter oder brauner Fleck die gesamte Scheibe blind machte. Sie sahen dem Auto hinterher, es waren nur undeutliche Hände oder Füße hinter der Heckscheibe zu sehen. Und dann wurde ihnen gleichzeitig bewusst, was geschehen würde. Die Polizisten, von hier aus nur noch Miniaturen, waren aufgesprungen, als das Auto nicht zu bremsen schien. Eine, es war die Dunkelhaarige von vorhin, hatte ihre Waffe gezogen. Aber zu spät. Während drei Beamte in alle Richtungen davon stoben, sprangen oder hechteten, rammte der VW die Polizistin mit einem grässlichen, metallischen Knall. Gleich danach krachte er in die Seite des Polizeiautos, gegen das die Frau geschleudert worden war, sodass die eigene Hinterachse fast zwei Meter in die Höhe flog, während sich die ineinander verkeilten Vehikel weiterschoben. Als Bianca ihren Blick löste, sah sie, wie Daniels Mund sich neben ihr apathisch auf und zu bewegte. Seine Augen waren starr und weit aufgerissen, sein Körper eingefroren. Ihm wurde schwindlig. Er sackte ungläubig auf die Knie und dann zu Seite. Sie versuchte ihn aufzufangen, umgeben von dem entfernten Dröhnen des Chaos im Krankenhaus und den Schreien der Beamten, die aus ihrer Deckung an der Einfahrt gekommen waren.

10

»Es ist Tollwut. Check deine Mails«, stand in Anjas Kurznachricht auf ihrem Smartphone. Sara hatte gerade erst Rex' Kiste ausgeräumt und den Inhalt in einen schwarzen Plastiksack gewickelt. Dann hatte sie das Zeug zu den anderen Mülltüten am Balkon gestellt. Sie wollte jetzt nicht mehr außer Haus gehen, wenn es nicht sein musste. Ihr Hund war ungewöhnlich ruhig. Er wirkte unsicher und hatte die meiste Zeit den Schwanz eingezogen. Also hatte sie ihn auf ihren Schoß gehoben und einige Zeit lang gestreichelt, ehe sie durch die Nachricht unterbrochen wurde. Sie runzelte die Stirn, als sie sie las. Nachdem gestern Abend alle Kommunikationsmittel für Stunden zusammengebrochen waren, funktionierte das Netz jetzt wieder. Es erinnerte sie an dieses AC/DC-Konzert, auf dem sie vor Jahren gewesen waren. Telefonierten zu viele Menschen zur selben Zeit am selben Ort, ging einfach gar nichts mehr. Sofort klappte sie den Laptop auf, der neben ihr am Sofa gelegen hatte und zog ihn auf den Schoß, während sie den grummelnden Rex beiseite drückte. Bisher hatte sie sich mehr oder weniger erfolgreich geweigert, im Internet und dem Fernsehen nach Nachrichten zu suchen. Das machte in der Regel immer nur alles schlimmer. »Lisa, Fernsehen an. Kanal 24.«

Ein paar Klicks später hatte sie sich eingeloggt und hörte den Nachrichtensprecher im Fernsehen gar nicht mehr, als er am Bildschirm erschien. Sie las die Mail. Absender: Hannes Müller. Der junge Internist, der vergangenes Jahr aus Heidelberg zu ihnen gewechselt hatte. Die Mail war heute Nacht rausgegangen. Betreff: Eine Warnung bezüglich der aktuellen Situation.

Geschätzte Kolleginnen und Kollegen,

ich leite Ihnen diese Nachricht weiter, im vollen Bewusstsein, dass es mich mit hoher Wahrscheinlichkeit meinen Job kosten wird und meinen wirtschaftlichen Ruin bedeutet.

Mit freundlichen Grüßen

Hannes Müller

Sehr geehrte Damen und Herren,

es kann der Ernst der Lage aktuell nicht übertrieben werden. Dieses Schreiben ist an alle Bediensteten des Gesundheits- und Pflegesektors gerichtet. Gleichzeitig geht eine nur geringfügig abgeänderte Mail an diverse Nachrichtenagenturen, das Innenministerium und den Katastrophenschutz. Jenen, die die Situation in den Hospitälern noch nicht erfasst haben sollten, weil sie im Urlaub oder Krankenstand sind, sei gesagt: Sie ist furchtbar und trotzt allem bisher Dagewesenem. Jenen, die Gerüchte gehört haben, sei versichert: Es ist viel schlimmer.
Am Dienstag vergangener Woche, also vor exakt sieben Tagen, wurden erste Fälle einer hochansteckenden Virus-Erkrankung aus der Familie der Caliciviridae in Mitteleuropa festgestellt. Das ist nicht weiter ungewöhnlich. Allerdings hat sich der Krankheitsverlauf und die Symptomatik, vor allem im letzten Stadium der Erkrankung, als untypisch erwiesen. Es ist mittlerweile festgestellt, dass es sich nicht um die Untergattung des Norwalk-Virus (Kurz: Noro-Virus) handelt. Zumindest nicht wie wir ihn bisher kannten. In Südafrika und Teilen des asiatischen Kontinents hatte es in den vergangenen Monaten ungewöhnlich starke Ausbrüche des altbekannten Virus gegeben. In Europa scheint es jedoch mutiert zu sein. Nicht in Afrika, wie es in den Medien kolportiert wird. Erste Vermutungen lauteten, dass es sich um eine Art Kombination aus

Caliciviridae und einem Virus aus der Familie der Rhabdoviridae handelt. So erstaunlich dieser Befund aus medizinischer Sicht ist, umso fataler sind die Konsequenzen dieser Pandemie. Es handelt sich um eine Kombination aus Noro und Tollwut. Das Virus verfügt über die kurze Inkubationszeit und die hohe Ansteckungsgefahr des Noro-Virus. Auch zahlreiche Symptome in den ersten Stunden und Tagen der Erkrankung sind typisch dafür. Hinzu kommt die tollwuttypische Übertragung via Speichel und Blut sowie typische Symptome im weiteren Krankheitsverlauf. Die Krankheit verläuft bisherigen Erhebungen zufolge in 60 Prozent der Fälle tödlich, was an der damit einhergehenden Enzephalitis liegt. Diese Gehirnhautentzündung führt aber entgegen einer gewöhnlichen Tollwut-Erkrankung eben nicht in hundert Prozent der Fälle zum Tod. Die typischen Symptome der Tollwut treten bei Überlebenden in höhst ausgeprägtem Maße auf. Unterschätzen Sie die Situation nicht. Die Infizierten erleiden massive Aggressionsschübe und stellen eine akute Lebensgefahr für sich und andere dar. Wie es zu dieser Mutation kommen konnte, wissen wir nicht. Eine Behandlung mit klassischen Impfstoffen, wie sie in der Behandlung von Rhabdoviridae eingesetzt werden, erwies sich bislang als wirkungslos. Ob eine präventive Impfung gegen das klassische Tollwut-Virus hilft, kann nicht bestätigt werden. Festgehalten werden kann aber, dass die ersten Symptome zwischen vier und achtundneunzig Stunden nach der Ansteckung auftreten. Je später die ersten Symptome auftreten, desto höher ist die Wahrscheinlichkeit, die Erkrankung zu überleben. Es wurden sogar zwei Fälle nachgewiesen, in welchen eine vollständige Genesung festgestellt werden konnte.

Unter der Internetadresse www.calibdo.org ist vor Kurzem eine Plattform online gegangen, welche weltweit als Austauschforum für Wissenschaftler dienen soll und die Forschungsarbeit und Koordination erleichtern soll. Wir rufen alle Kolleginnen und Kollegen der spezifischen Fachrichtung auf, sich daran zu beteiligen. Aufgrund der genannten Tatsachen fordern wir die sofortige Ausrufung des Ausnahmezustandes, die sofortige und umgehende Abstimmung des bereits eingerichteten und aktiven Krisenstabs mit den Krankenhäusern und die volle Aufklärung der Bevölkerung. Es kann nicht sein, dass der Austausch mit den Hospitälern derart träge und indirekt verläuft, wie es momentan der Fall ist. Wir fordern die verantwortlichen Behörden auf, alle Kräfte daran zu setzen, diese Pandemie zu bekämpfen, ansonsten könnte Mitteleuropa eine Katastrophe erleben, von der es sich in den nächsten Jahren nicht erholt.

Hochachtungsvoll

Prof. Dr. Dr. Herbert Salten, Department für Infektiologie, Virologie, Universitätsklinikum Heidelberg
Ao. Univ.-Prof. Dr. Albin Kreutz, Max-Planck-Institut für Infektionsbiologie Berlin
Univ.-Prof. Dr. Lukas Niederpichler, Präsident der Gesellschaft für Virologie e.V.
Prof. Dr. Werner Orasch, Institut für Molekulare Infektionsbiologie, Universität Würzburg
Dr. med. Johannes Müller,...

Die Liste der Unterzeichner erstreckte sich noch viel weiter, aber Sara sah keinen Sinn darin, sie zu lesen. Sie lehnte sich zurück und starrte gebannt in die Luft. Die Flut an Informationen überwältigte sie. Gleichzeitig keimte

Hoffnung auf. Harald hatte erst über zwei Tage nach seiner Ansteckung erste Symptome gezeigt. Eine Heilung war der Mail zufolge möglich, wenngleich die Chancen gegen null gingen. Sie sah, wie sich die Lippen der Nachrichtensprecherin bewegten. Der Ton war leise gedreht. Sie hatte vorhin, als sie irgendeinen Film angesehen hatte, Harald nicht wecken wollen. Mit einem Fingerzucken oder einem Kommando an die Sprachsteuerung hätte sie die Lautstärke erhöhen und sich den Spekulationen hingeben können. Aber sie tat es nicht. Es war zu absurd. Ihr fiel der Blick ihres Hundes auf, der zu irgendeinem Zeitpunkt von der Couch hinunter gehüpft sein musste und sie jetzt, auf seinen Hinterbeinen sitzend, mit wedelndem Schwanz und großen Augen ansah. Sie schüttelte den Kopf. Er wollte spielen. Stattdessen stand sie auf, hielt ein kleines Handtuch unter die Spüle und wrang es aus. Sie füllte ein Halbliterglas mit Verdünnungssaft und Wasser, als es ein dumpfes Poltern gab. Es kam aus dem Schlafzimmer. Sofort spürte sie, wie sich ein Zittern in ihren Kniekehlen ausbreitete. Ihre Fingernägel gruben sich in die Handballen. Sie lauschte. Nichts. Es war nichts zu hören. Langsam, zögerlich bewegte sie sich zur Schlafzimmertüre. Lauschte wieder. Nichts. Dann ein leises Stöhnen. Sie überlegte. Sie schob Rex grob mit dem Fuß aus dem Flur, nachdem er ihr unbeschwert hinterher getrappelt war. Sie hörte das Geräusch von Bettzeug, das aneinander rieb. Sie blinzelte. Wusste nicht, was sie tun sollte. Ihre Hand bewegte sich zur Türschnalle. Ihre Augen schlossen sich. Sie atmete ein, hörte ihren Pulsschlag. Spürte, wie die Luft beim Ausatmen flackernd durch die angespannte Luftröhre strömte.

Sie berührte das Messing. Schüttelte den Kopf. Da wurde die Schnalle zwischen ihren Fingern mit einem Ruck nach unten gezogen. Sara schrie auf und sprang zurück, dass sie mit dem Kopf gegen die Wand stieß. Die Tür ging auf und dahinter erschien, fast auf allen vieren, so gekrümmt war er, während er sich am Türstock anhielt, Harald. Er versuchte zu lächeln, es sah aus wie eine Grimasse.

»Ich wollte dich nicht erschrecken. Tut mir leid«, sagte er, als er die Situation begriff. Sie blies ihre Wangen auf und verschnaufte. Stützte sich auf die Knie, um den leichten Schwindel zu vertreiben, der mit dem Adrenalinstoß erfolgt war, und lachte unsicher.

»Mir ist wieder was passiert...«, sagte er, während Rex sich zu ihm durchgekämpft hatte und ihn freudig begrüßen wollte. Harald drückte ihn weg und sein krankes, aber freundliches Gesicht wurde ernst. Fast traurig. Peinlichkeit malte sich in seine Augen, er blickte zu Boden.

»Oh. Oh! Oh, keine Sorge, Schatz. Keine Sorge.« Sie versuchte ihm die Scham zu nehmen, aber es gelang ihr auch diesmal, wie die zwei Mal davor, nicht. »Es tut mir leid...«

»Kein Ding, Schatz. Echt nicht. Kein Problem. Geh du ins... Moment.« Sie half ihm ins Bad. Er hatte sich bereits selbst ausgezogen, ehe er aus dem Schlafzimmer gekommen war. Sie setzte ihn in die Badewanne und machte das Wasser an. Ihr Mann konnte sich nicht zurücklehnen. Stattdessen umfasste er seine Knie und war den Tränen nahe. Fürsorglich strich sie ihm schweigend über den Hinterkopf und fragte ihn etwas später, ob sie ihn kurz allein lassen dürfe. Er nickte kaum merklich. Im Schlafzimmer schlug ihr der herbe, ekelerregende Geruch von Ausscheidungen entgegen. Nichts, was sie nicht schon kannte. Aber trotzdem wurde ihr schlecht. Nachdem sie das Fenster geöffnet hatte und sofort das Sirenenheulen der Rettungswägen, die in das Krankenhaus einfuhren, den Raum erfüllte (sie hatte das Spektakel bereits am Abend davor am Balkon beobachten müssen), zog sie das Leintuch ab und die vorsorglich darunter angebrachte Plastikfolie. Teile der Decke waren auch schmutzig. Es reichte, die Überdecke abzuziehen. Die Füllung hatte nichts abgekriegt. Irgendwann, als sie alles auf einem Haufen hatte, wurden ihre Bewegungen langsamer. Sie setzte sich auf die Bettkante und legte Ellbogen auf die Knie und die Augen gegen die Handflächen. Wie würde sie ihm erklären, was kommen konnte? Was, wenn er es nicht überlebte? Und dann fragte sie sich, wie viel Zeit ihr wohl noch blieb, ehe sie der erste Brechanfall ereilen würde. Als sie hinauskam, wusste sie, dass sich die erste Frage eben geklärt hatte. Harald lag in seinen Bademantel gewickelt auf dem Sofa. Die Lautstärke des Fernsehers war nach oben gedreht worden. Mit unendlich müden, aber gebannten Augen verfolgte er die Worte des Nachrichtensprechers aus seiner waagrechten Position.

»... es sich um eine höchst aggressive, bisher unbekannte Mutation des Tollwut-Virus handelt. Die Bevölkerung wird aufgerufen zu Hause zu bleiben und bei Verdachtsfällen sofort die Behörden zu kontaktieren.«

»W... Warum bin ich nicht im Krankenhaus? Du hast das gewusst!«

»Weil es dort schlimmer ist...«

Er hatte sich aufgelehnt, musste sich aber wieder niederlegen und sprach den Rest mit geschlossenen Augen. Seine Stimme war gebrochen und schwach. Aber wütend.

»Das kann doch nicht. Was ist denn los? Hast du keine Leute da unten?«

»Die haben alle Hände voll zu tun. Es ist besser, daheim zu bleiben, haben sie gesagt. Sie können nicht helfen momentan. Wir müssen die Sache aussitzen.«

»Aussitzen? In über fünfzig Prozent der Fälle sterben die Leute, hat er gesagt.«

»Aber du nicht. Ich kümmere mich um dich!« Sie nahm das vorhin bereit gelegte Handtuch, setzte sich zu ihm und legte es zart auf seine Stirn. Sie suchte seine Hände. Diese schwieligen, festen Hände, die jetzt schwach und schlaff waren. Er versuchte ihren Druck zu erwidern, es wollte aber kaum gelingen. Mit einem Schluchzen hustete er Schleim und Speichel aus.

»Ich habe dich sicher angesteckt... Du gehst drauf wegen mir.«

»Nein, nein. Mir geht es gut, Schatz. Es geht mir gut. Alles o.k.«

»Ein Scheiß ist o.k. Ein Scheiß!« Kurz fehlten ihr die Worte. Er drehte sich zu ihr, so gut er konnte, und legte seinen Kopf auf ihren Schoß. Ihr fiel nichts anderes ein als: »Wir stehen das zusammen durch.« Aber da war er bereits in eine Art erschöpften Halbschlaf, eine kleine Bewusstlosigkeit gesunken.

Tag 7

Meine Sachen will ich pflegen
Den Rest in Schutt und Asche legen
-RAMMSTEIN, ZERSTÖREN

11

Daniel saß auf seinem Balkon und sah in die Nacht. Der Lärm hatte sich im Laufe des gestrigen Tages eingestellt. Nur noch die Motoren der einfahrenden Rettungswägen waren zu hören und die Propeller der einkehrenden Hubschrauber. Es hatte etwas Geisterhaftes, wenn die Einsatzfahrzeuge mit Blaulicht und unterschiedlichem Tempo auf die Einfahrten zufuhren. Das Netz funktionierte wieder einigermaßen. Aber jetzt, um halb ein Uhr, schlief seine Familie. Er hatte seine Schwester in Berlin erreicht. Auch seine Eltern. Es ging ihnen gut. Sie hatten seine Großmutter bei sich und waren wieder nach Hause gefahren. Sie waren am Dienstag bei seiner Wohnung gewesen, aber niemand hatte geöffnet. Klar, dachte er bitter lächelnd, ich war ja damit beschäftigt den Weltuntergang in der Wohnung einer Freundin zu verschlafen. Biancas Eltern waren nicht gekommen. Die Fahrt über hunderte Kilometer war am Dienstag nicht mehr möglich gewesen. Alles war zu schnell gegangen. Inzwischen war es sogar unmöglich, nur einen Fuß vor die Tür zu setzen. Im Ostteil der Stadt, wo seine Eltern wohnten, herrschte das blanke Chaos, hatte sein Vater erzählt. Die Straßen waren hoffnungslos verstopft. Er sah noch einmal über die Schulter. Bianca schlief in seinem Bett. Sie war hübsch. Er empfand etwas für sie. Mehr als Freundschaft, das gestand er sich jetzt ein. Kurz hatte er darüber nachgedacht, ob es einfach nur Erleichterung war, endlich ein Mädchen bei sich zu haben. Aber dem war nicht so. Wie auch immer, so hatte er sich das nicht vorgestellt. Er dachte darüber nach, was in den letzten Stunden geschehen war, während er in den grauen Mittag hinausblickte.

Ein paar Minuten nachdem sie Zeuge dieses grässlichen Autounfalles geworden waren, hatten sie seine Wohnung betreten und seitdem nicht wieder verlassen. Als Erstes hatte er die Badewanne aufgedreht, alle Gefäße, die er finden konnte, und die Wanne selbst mit Wasser vollgefüllt. Bianca hatte gefragt, was er da tue.

»Was glaubst du, was passiert, wenn die Leute nicht mehr zur Arbeit gehen?« Sie nickte. Er redete trotzdem weiter. »Der Strom fällt aus. Und damit auch die Wasserpumpen. Das heißt, kein Wasser aus der Leitung mehr.« Als Nächstes wies er die Sprachsteuerung an, den PC hochzufahren und den Fernseher einzuschalten. Und was sie dann sahen, war ein Desaster. Die Großstädte Mitteleuropas kämpften mit dem Chaos. Die Gesundheitsversorgung war in weniger als achtundvierzig Stunden völlig zusammengebrochen und erholte sich nur äußerst schleppend. Der Ausnahmezustand in Deutschland, Österreich, Ungarn, Italien und Tschechien war ausgerufen worden, kurz nachdem sie eingeschaltet hatten. Die Behörden riefen dazu auf, nur in Notfällen das Haus zu verlassen oder wenn man einem Beruf nachging, der dem Erhalt der öffentlichen Sicherheit diente. Quarantänezentren mit mehreren dutzendtausend Plätzen sollten aus dem Boden gestampft werden und die Politik versuchte erst gar nicht den Ernst der Lage umfassend zu kaschieren. In den Stunden zuvor war dies scheinbar getan worden und nachdem ein paar Köpfe gerollt waren, wandte man sich in gespielter Offenheit an das Volk. Es war nicht auszumalen, was hinter den Kulissen los war, wenn offiziell so offen gesprochen wurde. Die wirtschaftlichen Verluste durch das Erlahmen der Produktion war europaweit nicht zu berechnen. Allein im Inland gingen sie bereits am Mittwoch in die Milliarden. Im besten Fall würden die Verluste für Europa am Ende knapp unter dem dreistelligen Milliardenbereich bleiben. Das waren Zahlen, die man sich nicht vorstellen konnte. Es war Daniel auch nicht möglich abzuschätzen, was das für die Zukunft bedeutete. Er ärgerte sich darüber, dass er zu ungebildet und nach eigener Einschätzung zu dumm war, die Ereignisse und ihre Konsequenzen einordnen zu können.

»Könnte das vielleicht daran liegen, dass wir einfach noch zu jung dafür sind?«, hatte Bianca gesagt, als er ihr es beiläufig erklärt hatte. Er antwortete ausweichend. Abwesend. Statt sich damit weiter zu befassen, hämmerte er in die Tasten und durchforstete das Internet. Aber er fand nichts Informatives. Nichts, was nicht im Fernsehen auch lief. Außer nähere Infos zum Virus selbst. Es war extrem ansteckend und führte entweder zum Tod oder zu unkontrollierten Tollwutanfällen, so hieß es. Er musste an Peter denken. Er würde sofort den Vergleich gezogen haben mit einem seiner Comics. Mit einem Danny-Boyle-Film oder einer Zombie-Serie. Daniel hatte versucht, ihn zu erreichen. Aber er hob nicht ab, auch seine Eltern waren aus der Welt. Als ihm bewusst wurde, dass die reale Chance bestand, dass sein engster Freund und seine Familie gerade im Sterben liegen konnten, hielt er inne. Ein Knoten drückte sich seinen Hals hinauf und plötzlich war keine Luft mehr durch die Nase zu bekommen. Zornig hörte er, wie seiner Kehle ein jämmerliches Wimmern entfuhr und der Blick auf den PC-Bildschirm allmählich verschwamm. Die Erlebnisse der letzten Stunden kochten hoch und Angst krallte sich mit langen Klauen in seinen Rücken. Der Peinlichkeit, dass er vor Bianca weinte nicht genug, kam sie jetzt auch noch auf ihn zu. Sie berührte ihn am Rücken und da konnte er sich nicht mehr halten. Sie umarmte ihn, den Sitzenden. Er heulte und vergrub sein Gesicht in ihren Bauch. Einige Sekunden umklammerte er sie regelrecht. Die Hilflosigkeit und Angst brach aus ihm heraus und diesem im Grunde fremden Mädchen entgegen. Und sie nahm es auf. Sie nahm es auf und es war nicht schlimm. Nicht peinlich. Sie teilte sein Leid. Sie drückte ihn. Als er sich irgendwann langsam löste, hatte er den gesamten Sweater rund um den Bauchnabel durchnässt. Er sah hoch und bemerkte erst jetzt, dass auch sie geweint haben musste. Sie wischte sich mit den Knöcheln Tränen aus den Augen. Beide atmeten sie durch. Dann machte er den PC aus und sie setzten sich auf die Couch. Sie tranken Kakao und schwiegen.

Jetzt, fast zwölf Stunden später, wurde ihm allmählich kalt auf dem Balkon. Er war in zwei Decken gehüllt und trug eine Jogginghose. Aber mittlerweile harrte er seiner Schlaflosigkeit seit über einer Stunde hier draußen. Vor sich hatte er Block und Stift liegen. Er hatte sich notieren wollen, was als Nächstes zu tun war. Aber er wusste es nicht. Er hatte im Netz nachgelesen. Hatte Leitfäden, Flyer und Folder ausgedruckt. Jedoch war es ihm unmöglich, alles in eine Reihe zu bringen. Wasser, Lebensmittel, Infektionsschutz, Heizung, Verteidigung... Alles abstrakte Begriffe, die leicht von den Lippen gingen, aber nie reflektiert worden waren. Man sagte immer, dass Menschen in Notsituationen einfach funktionieren würden ohne groß nachzudenken. Das traf auf ihn nicht zu. Sein Kopf war voll von abstrusen Überlegungen, Ängsten, Befürchtungen und über allem lag eine bleierne Erschöpfung, eine Art drückende Schockstarre, die ihm das Gefühl gab, dass er nicht einen einzigen klaren Gedankengang fassen konnte.

Mit vor Kälte starren Füßen stand er plötzlich auf. Er schimpfte sich selbst einen Idioten. Was, wenn er sich jetzt noch eine Erkältung eingefangen hätte. Das konnte er wirklich nicht brauchen. Unsicher stakste er zurück in die Wohnung. Schloss die Tür leise hinter sich und setzte sich noch einmal zum Computer.

Bald hatte er die Kopfhörer übergezogen und verfolgte mehrere Streams gleichzeitig. Alle behandelten die Ausschreitungen in verschiedenen europäischen Großstädten. In einem Video sah man, wie Nachrichtensprecher mit Experten in einem Studio sprachen. In einem anderen wurde mit einem Smartphone von einem Balkon aus festgehalten, wie eine kleine Gruppe vermummter Demonstranten sich von einem breiten Menschenzug ablöste und in eine Seitengasse einbog. Daniel erkannte es als eine Straße in seiner Stadt. Ohne Vorwarnung schlug einer mit einem Stein oder einem Ziegel mehrfach und laut knallend gegen die Seitenscheibe eines am Straßenrand geparkten Opels, bis sie klirrend nachgab. Ein Zweiter warf eine bengalische Fackel hinein, ein Dritter tat es ihm gleich, während im Hintergrund ein Böller, wie man ihn von Fußballspielen kennt, explodierte. Noch bevor der dunkelgraue Rauch aus dem Wagen aufstieg, waren die Männer bereits zurückgerannt und wurden von dem vorbeiströmenden und laut schreienden Menschenzug aufgenommen. Aus dem Augenwinkel sah Daniel in einem weiteren Video Flammen und zog es in die Mitte des Bildschirms.

»Wir sehen viele Brände und eine zunehmende Eskalation, da niemand die Feuer löscht. Die Zahl der verletzten Einsatzkräfte allein in Berlin ist auf 472 gestiegen«, kommentierte die Stimme aus dem Off. Es wurde zu einem Reporter auf der Straße geschalten. Er glaubte, es war in Hamburg. Der Mann trug eine weiße Gesichtsmaske, wie man sie aus Ärzteserien kennt.

»Momentan beobachten wir sehr unschöne Szenen. Da vorne an der Budapester Straße brennt es lichterloh. Die Polizeikräfte haben sich zurückgezogen. Wir haben uns jetzt dagegen entschieden, nach vorne zu gehen und die Flammen aus zwanzig Metern zu filmen, da wir nicht wissen, was uns als Journalisten passieren kann.«

Eine Gruppe von vielleicht zweihundert schwarz vermummten Männern zerlegte in einem anderen Stream eine Baustelle, riss in Windeseile ein Gerüst ein, warf aus allerlei Bauschutt, Paletten und Fässern eine Straßensperre auf und steckte sie an, bevor schwere Wasserwerfer ins Bild rauschten und vier Menschen meterweit über den Asphalt schleuderten. Vor dem Bild huschte ein Mann mit einem olivgrünen Helm und dem Aufdruck »Press« vorbei, stolperte und knallte mit dem Gesicht gegen den Randstein. Der Stream brach ab.

Ein Nachrichtensprecher: »Es ist einfach nur eine Eskalation. Das ist Gewalt pur.«

Eine Live-Schaltung zu einer Journalistin von einer in Vollbrand stehenden Bar: »...stehe neben einem Café knapp vor dem Gelände des Allgemeinen Krankenhauses. Und nachdem auch hier bekannt geworden ist, dass gegen große Bargeldsummen Patienten vorgezogen wurden, ist die Situation genauso eskaliert wie in anderen Teilen des Landes. Ich... Vorhin habe ich gesehen, wie einen Polizisten eine volle Glasflasche am Kopf getroffen hat. Die Menschen schleudern den Behörden ihren Hass und ihren Frust entgegen, jedes Risiko einer Ansteckung ignorierend.«

Ein anderes Video. Wieder eine Live-Schaltung zu einer Journalistin vor Ort. Er glaubte, es handelte sich um München: »Wir wollten euch eben ein näheres Bild vom Feuer zeigen, aber gerade ist eine Panik ausgebrochen. Was wir auch sehen, es sind Baugerüste an dieser Kreuzung, und viele Autonome - bleib ruhig drauf bitte, halt da drauf - sind auf diese Gerüste geklettert und haben sich mit Steinen ausgerüstet, um aktiv zu werden. Wir melden uns gleich wieder.«

In einem Fenster in der linken Ecke überschlugen sich die Kommentare im Live-Chat. Das dazugehörige Video wurde aus erhöhter Position gefilmt. Zu sehen war ein großer Kreisverkehr, auf welchem eine Gruppe vorwärtsstürmender Menschen erschien. David zog das Bild größer, der aktivierte Ton war ein einziger Schwall an Schreien, ehe diese rennende Masse aus Männern, meist mit Glatze oder Kurzhaarschnitt, die mit Stangen und Steinen bewaffnet waren, in eine Gruppe aus mehreren Dutzend schwarz Vermummter einschlug. Eine Fluchtbewegung setzte ein, Handgemenge und Schlägereien und grässliches Brüllen, Flüche des Kameramenschen und in die Höhe schießende Zuseherzahlen am Bildrand nahm er wahr. Seine Augen brannten. Er verstand es einfach nicht.

12

Es konnte doch nicht sein, dass ihr nichts anderes übrig blieb außer abzuwarten. Sara hatte eine alte Packung Zigaretten hinter dem Bücherregal hervorgeholt. Es waren Haralds. Er hatte vor eineinhalb Jahren mit Rauchen aufgehört und ihr war eingefallen, dass sie damals dort welche versteckt hatte. Sie hatte Harald nach Kräften bei seinem Entzug unterstützt und auch wenn er es als lästig empfunden hatte, hatte er später gesagt, dass er wusste, dass er es auch ihr zu verdanken habe, davon losgekommen zu sein. Was er nicht gewusst hatte war, dass Sara selbst hin und wieder nach einer Zigarette griff. Sie rauchte, außer heute, nie zu Hause und kaufte sich auch nie eine eigene Packung. Aber nach den Nachtdiensten stand sie in regelmäßigen Abständen mit ihrer Freundin Anja am Parkplatz des Krankenhauses und qualmte heimlich eine, bevor diese in ihr Auto stieg und Anja nach Hause schlenderte. Sie war kein Mensch, der mit einem besonders ausgeprägten Suchtverhalten kämpfte. Aber ab und an, vor allem nach den immer anstrengender werdenden Schichten im Klinikum (es wurde laufend Personal gekürzt, die Verantwortung erhöht und die Anforderungen gesteigert) bildete sie sich ein, eine Zigarette rauchen zu müssen. So auch jetzt, am Nachmittag eines Donnerstags im März, als sie am Balkon saß und zwei aufgeschlagene und mit dem Cover nach oben zeigende Bücher neben sich liegen hatte. Sie hatte versucht auf andere Gedanken zu kommen. Sie wollte im Wohnzimmer nicht fernsehen, das hätte Harald womöglich aufgeweckt, der auf der Couch davor lag. Im Schlafzimmerbett konnte sie sich momentan nicht entspannen. Also hatte sie versucht den Stephen-King-Roman, den sie im vergangenen Monat begonnen hatte, weiterzulesen. Aber die Lust auf Horror war ihr schnell wieder vergangen. Daher hatte sie ein anderes Buch, eine Geschichte von Nicholas Sparks, die seit Weihnachten unberührt im Regal gelegen war, begonnen. Aber auch darauf war ihr die Lust nach wenigen Seiten vergangen.

Die Kippe war widerlich. Tabakkrumen waren am vorderen Ende herausgerieselt, ehe sie sie angezündet hatte und jeder Zug schmeckte so, wie man sich den Geschmack vorstellte, der entstand, wenn man mit der Zunge über alten Karton leckte. Nur hundert Mal intensiver. Trotzdem rauchte sie sie zu Ende, während sie darüber nachdachte, warum sie noch immer keine Symptome aufwies. Die einzige Erklärung, die einleuchtend war, lautete, dass die Krankheit in ihr entweder nicht ausbrach, oder sie immun dagegen war. Sie hatte versucht Anja anzurufen und herauszufinden, ob man über Immunität bereits etwas wusste. Aber sie war nicht ans Telefon gegangen. Im Internet waren dazu auch nur vage und schwankende Angaben zu finden. Es war die Rede von geschätzten fünf bis zehn Prozent, die eine natürliche Immunität gegen das Virus aufwiesen. Woher diese Zahlen stammten, war unmöglich zu rekonstruieren. Bei Tieren konnte die Zeit von der Ansteckung bis zum Ausbruch der ersten Symptome ungewöhnlich lange dauern. Sie sah in die Wohnung, aber Rex, der bald von dem kalten Balkon geflüchtet war, nachdem er sie hinausbegleitet hatte, war nicht zu sehen. Wahrscheinlich schlief er. Beim Menschen betrug entgegen der Tierwelt die bisher nachgewiesene Inkubationszeit maximal vierundneunzig Stunden. Und das waren die absoluten Ausnahmen. Normalerweise ging es wesentlich rascher vor sich.

Unten auf der Straße herrschte mittlerweile wieder so etwas wie ein Stück Normalität. Man sah nicht bloß nur mehr Einsatzfahrzeuge. Auch zivile PKWs rollten über den Asphalt, allerdings in wesentlich geringerem Ausmaß als sonst. Normalerweise war die vierspurige Straße stark befahren. Jetzt tröpfelten nur alle paar Minuten ein paar Autos darüber. Die meisten Menschen wagten sich nicht aus den Häusern. Das war nur verständlich. Ihr ging es ähnlich. Sie hatte seit zwei Tagen die eigenen vier Wände nicht verlassen. Aber das war ein Problem. Das Essen würde ihnen bald ausgehen. Sie hatte am Dienstag zwar eingekauft, allerdings nicht mehr als sonst. Das würde für eine gute Woche reichen. Dann würde man anfangen die wenigen Vorräte, ein paar Packungen Nudeln, alte Konserven und eingelegte Pfirsiche zu verspeisen. Und dann? Aber so weit zu denken machte momentan keinen Sinn. Eine Grundversorgung der Bevölkerung würde aufrechterhalten werden. Allein die Beobachtung, dass sich die Situation am Gelände des Klinikums scheinbar besserte, bewirkte Erleichterung. Sie stand auf und sah vorsichtig durch das Fenster in das Wohnzimmer. Harald schlief tief und fest auf der Couch. Er war nicht mehr von ihr hinunter zu bekommen, seit er die Nachrichten entdeckt hatte. Die meiste Zeit aber schlief er ohnehin. Das war ein gutes Zeichen. Das Fieber war in der Nacht zurückgegangen und in den letzten zwölf Stunden hatte er sich nur noch zwei Mal übergeben. Keine Anzeichen der Symptome, die in dem Mail beschrieben worden waren. Sie hätte das Schreiben gerne als Hirngespinst, als Fake-News, abgetan, genauso wie die Informationen, die im Internet und dem Fernsehen verbreitet wurden. Als eine schmutzige Informationsbombe, geworfen von ein paar frustrierten Hackern oder Aktivisten oder Autonomen. Oder ihretwegen auch von Russland. Aber dazu gab es deutlich zu wenig Anhaltspunkte. Vielleicht hatten sie einfach Glück. Vielleicht würde Harald die Sache auskurieren und sie gar nicht davon betroffen werden. Herrgott, vielleicht konnten sie einen entscheidenden Beitrag dazu leisten, das Virus zu bekämpfen. Leute, die es überlebt hatten, und vor allem Menschen, die immun zu sein schienen, würden wertvoll für die Forschung sein... Mit einem Zischen ließ sie die Zigarette fallen. Sie war bis auf den Filter abgebrannt und hatte Sara die Finger angesengt. Als sie sie hochnahm und in der mitgebrachten Teetasse ausdrückte, schüttelte sie zynisch den Kopf. Die Fantasie war mit ihr durchgegangen. Sie fühlte sich jetzt wie ein kleines Kind, dem man gesagt hatte, dass der Osterhase nicht existierte. Sie schämte sich dafür, geglaubt und gehofft zu haben. Ihre Rolle war die eines Staubkorns. Sie war unwichtig und hatte keine Ahnung davon, was mit ihnen los war. Oder in ihrer Stadt. Oder in ihrem Land. Geschweige denn, was in der Welt vor sich ging. Sie fühlte sich klein und hilflos. Ein Gefühl, das sie zuletzt als Teenager gehabt hatte. Es ärgerte sie.

Zurück in der Wohnung huschte sie zwischen Harald, dem Hund, der eingerollt zu seinen Füßen lag, und dem Fernsehgerät, dessen Lautstärke sehr niedrig eingestellt worden war, vorbei und beeilte sich, die Asche heimlich durch die Toilette zu entsorgen. Sie wollte die Tasse eben in die Küche tragen, als der Fernseher erlosch und es ein kurzes, leises Nachsurren gab. Verwirrt sah sie zum schwarzen Bildschirm hinüber und blinzelte. Sie betätigte den Lichtschalter der Küche neben sich. Nichts. Kein Licht. Aus irgendeinem Grund dachte sie sofort an Kerzen, verwarf den Gedanken aber wieder. Es war Nachmittag und obgleich einige Fenster von Gardinen und Rollläaden verdeckt waren, gab es genug Licht um sich zurechtzufinden. Der Sicherungskasten in der Abstellkammer (sie hatte sich erst durch einen Ikea-Regalboden voll alter Töpfe und Pfannen kämpfen müssen) war in Ordnung. Alle Schalter im grünen Bereich. Es war klar, dass der Stromausfall kein Zufall war. Sie überlegte. Die andauernde Anspannung, die ohnehin an ihren Nerven zehrte, wuchs jetzt plötzlich noch weiter. Einer Panik nahe ließ sie das Smartphone, dessen Taschenlampenfunktion sie eben genutzt hatte, sinken und trat rückwärts aus dem Kämmerchen, bis sie mit dem Rücken an die Wand stieß. Dann sank sie langsam daran herab und starrte in das Dunkel, in dem sich hinter Gerümpel und Hausrat der Sicherungskasten verbarg. Dieses kleine Einfallstor zur Zivilisation.

Als sie auf die Uhr ihres Telefons sah, erkannte sie, dass mindestens eine dreiviertel Stunde vergangen sein musste. Vielleicht mehr. Der Fernseher im Wohnzimmer lief wieder und erleuchtete die Wohnung jetzt in grellen Farben. Das Tageslicht war zurückgegangen, die Sonne neigte sich ihrem Untergang zu. Sara war sich nicht sicher, ob sie geschlafen hatte oder ob sie sich einfach nicht erinnern konnte, gerade fast eine Stunde am Boden gesessen zu sein. Sie holte ein Glas Wasser und überlegte, noch eine Zigarette zu rauchen. Was war sie doch für eine Idiotin. Sie versuchte sich mit Horror- und Liebesschnulzen abzulenken, während die Welt vor dem Kollaps stand. Sich ärgernd sah sie zu dem Sofa hinüber, erkannte, wie Rex kurz den Kopf hob, sich nach ihr umsah und ihn dann wieder vom Schlafen erschöpft auf seine Vorderpfoten sinken ließ. Sein typisches Ausschnaufen war zu hören. Als sie an Harald herantrat, sie wollte ihm ein wenig Flüssigkeit einflößen, auch wenn das bedeutete, dass sie ihn aufwecken musste, griff ein kaltes Grauen in ihre Brust. Er war munter. Seine Augen waren milchig, die Pupillen zitterten wie jene eines Drogensüchtigen. Sie waren blutunterlaufen. »Schatz«, sagte er, »es geht mir gar nicht gut.«

Tag 8

Je kaputter die Welt draußen, desto heiler muss sie zu Hause sein.
-REINHARD MEY

13

»... bleiben auch Schulen bis auf Weiteres geschlossen. Angestellte des öffentlichen Dienstes werden aber dringend angehalten, weiterhin an ihren Arbeitsplätzen zu erscheinen. Die Gefahr, dass die Infrastruktur nachhaltig Schaden nimmt, ist in weiten Teilen des Landes akut, wenn wichtige Aufgaben nicht erledigt werden, so der Innenminister. Dabei betonte er insbesondere die Rolle der Energiewirtschaft. Seit heute Morgen haben sich die Meldungen über kurzfristige Stromausfälle in weiten Teilen Deutschlands, Österreichs, Tschechien und Italiens gehäuft. Die bedenklichsten Zwischenfälle auf deutschem Boden gab es in den Kernreaktoren Niederaichbach und Grundremmingen. In Dukovany in Tschechien kam es sogar zu einer Notabschaltung. Mittlerweile ist die Situation aber wieder unter Kontrolle, so ein Sprecher des Bundeskanzlers.« Daniel schnalzte das Wort »Fuck« tonlos von seinen Lippen. Er saß mit Bianca auf dem Bett und verfolgte gebannt die Nachrichten. Sie waren am Nachmittag eingeschlafen, ihr Schlafrhythmus war noch immer völlig durcheinander. Bianca hatte ihn irgendwann geweckt und ihn darauf aufmerksam gemacht, dass der Strom weggeblieben war. Mittlerweile war er zurückgekehrt.

»Ich wusste es. Ich wusste es. Das war klar. Und getan habe ich nichts«, zeterte er, während er sich eilig aufgerafft hatte und ins Badezimmer rannte. Sie hatten die Badewanne am Mittwoch wieder ausgelassen, da es unmöglich war, mit vollem Wasser zu duschen. Und dieses dann als Trinkwasser zu verwenden, wenn denn mal die Wasserversorgung einbrach, war dann sowieso hinfällig. Wie bescheuert putzte er die Wanne und ließ sie wieder volllaufen. Als er herauskam, sagte er: »Von jetzt an nur noch Katzenwäsche!« Bianca atmete angespannt aus. »Findest du nicht, du übertreibst?« Es leuchtete ihr ein, dass ohne Stromversorgung auch das Wasser wegbleiben würde. Aber was sie nicht einsehen wollte, war, dass der Strom wegbleiben sollte.

»Im Gegenteil. Ich habe untertrieben.«

»Warum sollte der Strom denn länger wegbleiben?«

»Sag mal, hast du was an den Ohren? Du hast den Mann doch gerade gehört! Außerdem hatten wir gerade erst einen Stromausfall!« Er war verärgert und seine Stimme quirlte heiser durch den Raum. Sie zankten sich wie ein altes Ehepaar, das war ihm von Anfang an aufgefallen. Sie kannten sich kaum und trotzdem konnten sie einander anfahren, dass sich die Balken bogen. Und solange sie nicht darüber nachdachten, war das auch in Ordnung. Aber es gab immer wieder diese Momente, in welchen einem von beiden zu Bewusstsein zu kommen schien, dass sie sich eigentlich überhaupt nicht kannten. Sie hatten sich gezwungen, die Nachrichten abzuschalten. Hatten Brettspiele gespielt. Hatten stundenlang einander Geschichten erzählt. Aus dem Studium. Von der Familie. Aus Kindertagen. Und sie waren sich nähergekommen. Aber manchmal erfasste einen von ihnen wie eine unsichtbare Hand die Erkenntnis, dass man ja bis vor vier Tagen noch kaum ein Wort miteinander gewechselt hatte. Da konnte es ja nicht sein, dass man solch intime Dinge miteinander trieb, wie sich ordentlich zu beschimpfen. Diesmal war es Daniel. Er wurde leiser und fügte hinzu, indem er sich zur Küchenzeile drehte: »Ist ja ohnehin bald kein Problem mehr.« Sie nickte. Ihre Eltern würden sie am Abend abholen, wenn alles gut ging. Die Straßen waren noch immer nur schwer passierbar. Aber die Situation hatte sich gebessert. Ihr Vater wollte sein Glück versuchen. Daniel würde tags darauf, nachdem er seinen Gast nicht mehr beherbergen musste, mit dem Fahrrad zu seinen eigenen Eltern fahren. Was danach kam, wusste niemand. Jetzt schwiegen sie sich an.

Daniel warf sich auf seinen Bürosessel und klickte sich durchs Netz. Statt der Youtube-Seite erschien bloß die Nachricht, dass die Website nicht angezeigt werden konnte. Via Reddit erfuhr er, dass es sich den Spekulationen einiger User und ungenannter Quellen zufolge um eine bewusste Blockierung vonseiten des Staates handelte. Daniel musste an die üblichen Spinnereien der Verschwörungstheoretiker denken, welche solche Situationen anzogen wie schales Bier die Bienen. Über einen Link aber wurde er auf einen anderen Thread aufmerksam. Die Eröffnungs-Nachricht stammte von einem US-amerikanischen User. Sie war am vorgestrigen Tag gepostet worden und hatte bereits zweiundvierzig Seiten an Antworten erreicht. Als er sie las, spürte er, wie sich sein Mund zusammenzog und seine Wangen nach innen stülpten. Der Geschmack von Galle stieg in seiner Kehle hoch. Es handelte sich nur um ein paar englische Sätze und eine ellenlange Liste an Links. Die Sätze besagten, dass das Videoportal die Weisung gehabt habe, Videos, die die aktuelle Situation in Europa weiter gefährdeten, sofort zu löschen. Der Masse der hochgeladenen Beiträge war der Konzern jedoch nicht mehr nachgekommen, weshalb es zu der Zwangsabschaltung gekommen sein soll. Die Videofunktion von Facebook war bereits am Montag deaktiviert worden. Aus technischen Gründen, hatte es geheißen. Daniel hatte gewusst, dass etwas faul gewesen war. Aber sein Verstand wollte es nicht in diesen Zusammenhang bringen. Angehängt an die Nachricht fände sich eine Auswahl von Clips, welche der Grund für die Zensur (denn um nichts anderes handle es sich hierbei) waren. Daniel folgte den Links, wohlwissend, dass er im nächsten Moment einen Trojaner oder irgendeine andere Schadsoftware auf seinem PC-haben konnte. Aber die Neugier und Angst waren zu groß. Es folgte eine Aufnahme aus einem Krankenhaus. Drei Kinder, eines nackt, die anderen in Patientenkittel, rannten mit den Köpfen voraus gegen eine bereits blutig verschmierte Plexiglas-Scheibe. Sie brüllten und fauchten. Er öffnete ein anderes Video. In einem Supermarkt hockte eine Person über einer anderen. Keine von beiden bewegte sich. Sie waren starr, wie Krokodile in der Sonne. Schreie im Hintergrund entfernten sich, während sich der Filmende zitternd näherte. Langsam wurde der Blick frei darauf, dass da ein Mensch einem anderen seine Zähne in das bewusstlose Gesicht gegraben hatte. Noch immer keine Rührung. Der Kameramann trat näher heran. Das Gebiss des Oberen hatte sich in Teile der Wange, über das rechte Auge und die Nase des Liegenden gekeilt. Bewegte sich aber nicht. Und plötzlich riss der Beißer die Augen auf. Nur die Augen, ansonsten nicht einmal ein Zucken. Ende der Aufnahme. Daniel öffnete noch einen Clip. Wieder ein Krankenhaus. Ein älterer Herr mit ergrautem Haar lümmelte in der Ecke eines Patientenzimmers. Unablässig und wie in Trance schabte er mit den Fingernägeln der Rechten über seinen linken Unterarm. Er hatte schon Teile des Knochens frei gelegt, eine breite Blutlache hatte sich zwischen seinen Beinen gebildet und ein grässliches Fletschten ertönte jedes Mal, wenn er auf und abfuhr. Er stierte irre auf dieses Stück blutenden Fleisches und kratzte sich weiter und weiter. Daniel hatte bereits ähnliche Videos gesehen. Hatte gedacht, dass mehr daraus gemacht wurde, als es tatsächlich hergab. Aber da war er sich nicht mehr sicher. In den Nachrichten war davon berichtet worden. Aber nicht eindrücklich genug. Es hatte geheißen, dass es Patienten gab, die Anzeichen des Tollwut-Virus aufwiesen und unter Aggressionen litten. Aber von so etwas war keine Rede gewesen. Einige Clips später war ihm klar, dass es sich wohl kaum um Einzelfälle handeln würde. Das war die Realität. Und die musste man jetzt hinnehmen. Aber wie? Er drehte sich um und erkannte Bianca, sie hatte die ganze Zeit hinter ihm gestanden.

»Ich habe Nachrichten bekommen. Genauso wie du. Aber wer glaubt sowas schon?« sagte sie verstört.

»Doch. Ich meine: ja. Stimmt. Ich...« Er war sprachlos. Sie auch. Er führte die Hand zum Mund und zog seine Oberlippe zwischen Daumen und Zeigefinger lang. Bianca sah, wie sein Blick leerer und leerer wurde.

Sie saßen bei einem Kaffee am kleinen Esstisch zwischen Küche und Bett. Beide aßen sie alte Kekse, die er hinter der Packung Spaghetti gefunden hatte, die er gestern zubereitet hatte. Spekulatius mit Mandel aus dem vorigen Advent. Sie waren weder knackig noch geschmackvoll. Aber sie gehörten mitunter zu den letzten Lebensmitteln, die er noch im Haus hatte.

»Ich meine... Jedem Sci-Fi-Autor, jeder Serie und jedem Film zufolge müsste die Welt seit Montag den Bach runtergehen«, sagte er entgeistert, rund sechs Stunden, nachdem sie sich noch fünf oder sechs weitere Clips mit ähnlichem Inhalt angesehen hatten. Meist handelte es sich um Menschen in Krankenhäusern.

»Aber das tut sie nicht«, antwortete Bianca. Sie hatte recht. Das tat sie nicht. Neben ihr lehnte ihr gepackter Rucksack an der Bettkante. Sie warteten darauf, dass ihr Vater kommen würde. Er hatte angerufen, als er losgefahren war. Die Fahrzeit betrug unter normalen Umständen eineinhalb Stunden. Maximal zwei. Mittlerweile war er seit mindestens fünf unterwegs.

»Es sieht vielmehr danach aus, als würde man es irgendwie in den Griff bekommen«, ergänzte sie. Daniel nickte.

»Peter hätte jetzt seine Freude. Sein Lieblingscomic ist Realität geworden. Irgendwie.« Es schüttelte ihn, als er es sagte. Er sprach von seinem Freund bereits im Konjunktiv. In der Möglichkeitsform. Als hielt er ihn bereits für tot. Tatsächlich hatte er seit Montag nichts von ihm gehört. Er schlug seinen Blick nieder und sagte nichts. Bianca erkannte seinen Gedankengang. Zumindest teilweise. Sanft griff sie über den Tisch und berührte seine Finger, seinen Handrücken. Sie schloss ihre eigenen darum. Abgesehen von der besoffenen Aktion vor einer gefühlten Ewigkeit am Anfang der Woche hatten sie sich nur noch drei Mal ernsthaft berührt. Einmal, als sie am Weg nach Hause stützen musste. Und zwei Mal, als sie sich umarmten. Ihre Hände hatten einander gar nicht gespürt. Es fühlte sich gut an, tröstete aber nicht. Daniel atmete aus. Sie suchte seinen Blick. Verzweiflung begegnete sich. Und Hoffnung.

Mehrere Stunden später war ihr Vater noch immer nicht aufgetaucht. Sie war voll bekleidet auf das Bett gesunken. »Nur um kurz die Augen auszuruhen«, hatte sie gesagt. Irgendwann später legte er sich dazu, lauschte ihrem leisen Atem und versuchte ihr Verhältnis einzuordnen. Sie kannten sich nicht. Oder nicht wirklich. Oder doch? Was hätte er gemacht, wenn sie nicht da gewesen wäre? Womöglich hätte er versucht sich vor Tagen zu seinen

Eltern durchzuschlagen und hätte sich dabei angesteckt. Oder Schlimmeres. Er schloss die Augen und bildete sich ein ihre Körperwärme zu spüren, obwohl sie mindestens eine Schulterbreit von ihm entfernt lag. Es tat gut. Ein Rumpeln und Krachen aus der Wohnung über ihm, jener, in der der Ex-Soldat mit seiner Frau wohnte, riss ihn aus dem Halbschlaf. Es klang, als würde etwas Schweres auf den Boden fallen. Dann ein undeutbares Geräusch. Wie das Splittern von Holz. Bianca erwachte in dem Moment, als eine Tür knallend ins Schloss fiel. Jetzt drangen schwere, hastige Schritte zu ihnen durch. Sie griff nach seiner Hand, sie hielten sich. Einige Sekunden herrschte Stille. Dann ein langgezogenes Quietschen und Scharren wie das Verschieben von Möbel auf Parkett. Erneutes Krachen. Dumpfes, stetes Hämmern. Gewalttätig. Brutal. Ein Schrei. Ein zweiter und ein erneutes, fast ohrenbetäubendes Krachen. Glas splitterte. Sie setzten sich auf. Umarmten einander. Hatten Angst, dass jeden Moment die Decke herunterkommen würde, so grässlich hob der Lärm jetzt an. Es mischten sich weitere Geräusche hinzu, die nicht einzuordnen waren. Was auch immer dort oben geschah, es hatte mit Gewalt zu tun. Es dauerte fast eine halbe Stunde, bis es abebbte und schließlich wieder leise wurde. Die Sonne schickte inzwischen erste Strahlen über die Stadt und zu ihnen herein. An Schlaf war jetzt ohnehin nicht mehr zu denken.

14

Seine Lippen formten Worte. Er sah jämmerlich aus. Sie schätzte, dass er in den letzten Tagen fast zehn Kilogramm abgenommen hatte. Sara beugte sich zu ihm. Harald sagte etwas. Aber sie konnte ihn nicht verstehen. Sie beugte sich näher. Jede Silbe machte ihm Schmerzen. Sie spürte die Anstrengung, die Mühe, die ihm das Reden bereitete. Er hauchte etwas. Sie rückte noch näher. »Schatz... Schatz«, sagte er. Sie versuchte ihn zum Schweigen zu bringen.

»Nicht reden, Liebling. Das ist zu anstrengend. Nur munter bleiben. Sieh mich an.« Ihre Stimme zitterte. Sie war aufgeregt und erleichtert zugleich. Sie musste ihn bei Bewusstsein halten. Tupfte ihm die Stirn mit einem feuchten Küchentuch ab.

»Nein«, hauchte er gepresst. Er äugte zum Fernseher ohne den Kopf zu bewegen. Dort liefen in Dauerschleife stumm geschaltete Nachrichten. Sie befahl der Sprachsteuerung ihn auszumachen. Der Anblick von Harald erinnerte auf makabre Weise an ein angefahrenes Tier, das in den letzten Zügen lag. An einen Hund, der kraftlos auf dem OP-Tisch lag, nachdem ein LKW sein Rückgrat gebrochen hatte. »Du musst... Die Menschen werden alle... Du musst dich vorbereiten. Essen. Wasser. Es muss viel schlimmer sein, als sie es zugeben. Sie sagen nie die ganze Wahrheit. Nicht einmal annähernd. Panik... Du musst... Meine Steyr« Das Krächzen seiner Stimme ließ sie feuchte Augen bekommen. Sie schüttelte den Kopf. Verstand nicht, was er meinte.

»Das Sturmgewehr«, flüsterte er. Er meinte die Waffe, die er während seiner Zeit beim österreichischen Bundesheer gekauft hatte. Ein Sturmgewehr der Marke Steyr Aug, das in einem schmalen Waffenschrank mit einer Tür aus schwarzem Glas in der Abstellkammer lehnte. Sie konnte sich nicht erinnern, es seit ihrem Umzug gesehen zu haben. Sie hatte das unauffällige Schränkchen hinter der Türe sogar vergessen, wie ihr jetzt auffiel.

»Was ist damit?«, fragte sie unruhig. Sie versuchte auf ihn einzugehen. Ihn munter zu halten, während sie ein bereitgelegtes, nasses Handtuch um sein Handgelenk wickelte.

»Sieh mich an!«, herrschte Harald seine Frau an. Seine Augen gruben sich in ihre. Es war Liebe und Angst und Zittern und Schmerz darin. Sie kannte diesen Blick von Menschen im Krankenhaus. Sie kannte diese Gewissheit, die der Patient dem Behandelnden manchmal voraushatte, wenn es zu Ende ging. Sie wollte es nicht wahrhaben.

»Tu das nicht. Bitte tu das nicht!«, wimmerte sie. Er drehte das eingefallene Gesicht kaum merklich, nur millimeterweise von einer Seite zur anderen. Es sollte ein Kopfschütteln sein. Er antwortete nicht darauf.

»Das Sturmgewehr...« Sie antwortete nicht darauf. Sank in seinen Blick. Sie musste weinen. Alles war jetzt vergebens. Sie konnte nicht denken. Er versuchte sich aufzurichten. Aber es gelang nicht. Kurz schloss er die Augen. Als er sie öffnete, wirkten sie gebrochen.

»Du wirst es benutzen müssen.« Sie heulte. Er schloss die Augen.

»Ich habe dich immer nur geliebt«, sagte er, während seine letzten Worte einem Aushauchen glichen.

»Und ich dich«, schluchzte sie. »Ich dich, hörst du!« Aber er war wieder weggesackt. Sein Atem ging flach, aber regelmäßig. Sie verharrte einige Momente so. Weinte. Legte ihre Stirn auf seine. Bat irgendjemanden um Hilfe. Flehte. Murmelte Unverständliches. Dachte wirr. Dann richtete sie sich auf, zog Schleim hoch und wischte sich die Augen so trocken wie möglich. Sie rang um Fassung und machte dabei diese typischen Laute, die einem Lachen glichen. Sie blinzelte, suchte ihr Telefon und wählte die Nummer ihrer Freundin Anja, nachdem sie es in der Küche gefunden hatte. »Die Nummer ist nicht verfügbar.« Sie wählte in ihre Station. Es läutete. Zu oft. Niemand antwortete. Sie legte auf. Schließlich wählte sie den Notruf. Es läutete. Zwölfmal läutete es. Dann meldete sich eine tiefe, ruhige Stimme.

»Ja, hallo? Ich möchte einen Notfall melden. Mein Mann ist schwerkrank. Er hat das Virus, hat hohes Fieber und verliert immer wieder das Bewusstsein. Wir wohnen gleich gegenüber der Universitätsklinik. Bitte schicken Sie jemanden.« Die Worte schossen nur so aus ihr heraus.

»Beruhigen Sie sich erst mal.«

»Ich... Ich bin ruhig!« Sara spürte ihr eigenes Unterkiefer flattern. »Schicken Sie so schnell wie möglich jemanden.«

»Welche Symptome weist Ihr Mann denn auf?«

»Sagte ich doch bereits. Ich bin Krankenschwester. Ich weiß, wovon ich rede. Er hat seit Montagabend Brechdurchfall, immer wieder hohes Fieber und hat in den letzten Stunden ständig das Bewusstsein verloren.« Sie rang um Fassung.

»Können Sie ihn nicht ins Auto schaffen, wenn Sie um die Ecke wohnen, und herbringen?«

»Denken Sie nicht, dass ich daran nicht schon gedacht habe? Er hat mehr als neunzig Kilo und kann sich nicht bewegen. Ich wiege knapp halb so viel.«

»Bitten Sie einen Nachbarn.«

»Sind Sie wahnsinnig? Kein Mensch rührt einen hochansteckenden Nachbarn an!«

»Beruhigen Sie sich.«

»Ich bin ruhig, verfickte Scheiße, verdammt!« Ihre Stimme überschlug sich. Sie brüllte in das Telefon. Ein leises Knacken war die Antwort. Dann: »Es tut mir leid. Wir sind im Dauereinsatz. Ich schicke einen Wagen. Aber das kann dauern!«

»Was heißt da, das kann dauern? Wir wohnen hundert Meter Luftlinie entfernt!«

»Sie müssen warten.«

»Soll das ein Witz sein? Ich sehe doch, dass im Krankenhaus viel weniger los ist als vorgestern!«

»Das Aufnahmelager für ihren Bezirk wurde am Messegelände eingerichtet.« Sie wusste nicht, was sie entgegnen sollte.

»Tut mir leid. Auf Wiederhören.« Die Verbindung wurde unterbrochen. Sara schrie aus voller Kehle. Sie hielt das Telefon vor sich und kreischte hinein, dass ihr Hals fast zerriss. Sie krümmte sich und kreischte und krümmte sich weiter und kreischte und schrie und brüllte unartikulierte Laute. Dann ließ sie das Smartphone fallen, dass es über den Boden schlitterte, während sie zusammensackte und sich durchs Gesicht fuhr. Sie raufte sich die Haare, krallte ihre Finger gegen die eigene Kopfhaut und stieß ein undefiniertes Brummen aus, erfüllt von hilflosem Zorn. Dann wurde ihr bewusst, dass der Mann am Telefon nicht einmal nach ihrer Adresse gefragt hatte. Es war eine Farce. Es war ein Schwindel. Sie dachte, dass sie jetzt irre lachen müsste, wie in einem Film. Aber stattdessen wurde sie überwältigt von einem gewaltigen Heulkrampf, der ihr mit eisernen Fingern die Brust quetschte.

Zwei Stunden später wählte sie erneut den Notruf. Haralds Fieber war extrem gestiegen. Sie verabreichte ihm stündlich Zäpfchen und hatte ihn bedeckt mit allem, was der Tiefkühlschrank hergab. Er lag zwischen Sofa und Wohnzimmertisch begraben unter feucht auftauenden Erbsen, Karotten, Brotleiben und Eiswürfelpackungen. Zuvor hatte sie ihn unter Schreien der Anstrengung in die Badewanne gezerrt und eine halbe Stunde in kaltem Wasser gehalten. Sie brauchte fast zwanzig Minuten, um ins Wohnzimmer zurückzubringen. Ihn auf das Sofa zu hieven überstieg ihre Kräfte. Sie hatte das Fieber immerhin von 40,1 auf 39,7 heruntergebracht. Dennoch befand sich ihr Mann in akuter Lebensgefahr. Und es gab nichts, das sie tun konnte. Er reagierte auf keine ihrer Maßnahmen. Seine Pupillen blieben bei der Lichtprobe weit. Sie flößte ihm Medikamente und Wasser ein. Umwickelte die Waden mit essiggetränkten Tüchern. Aber im Grunde war sie hilflos. Sie war sogar in ihrem Stockwerk herumgerannt und hatte um Hilfe geschrien. Aber niemand öffnete. Es war umsonst. Alles war umsonst.

Irgendwann schaute sie auf. Sie war über Harald gesessen und hatte seine Stirn gestreichelt. Dem aufgetauten Gemüse auf seiner Brust zufolge musste das Stunden her sein. Es fühlte sich weich und matschig durch die Verpackung hindurch an. Sie fühlte seine Temperatur. Er glühte. Aber es war nicht das Glühen von vorhin. Nicht das, als greife man in einen Hochofen. Es war weniger. Es war schwächer. Sie verglich die Hitze mit ihrer eigenen Körpertemperatur. Sie wurde hektisch. Prüfte seinen Atem. Ein angestrengtes, pfeifendes Schnaufen. Die Brust hob und senkte sich. Sara stand auf. Ihre Gelenke knackten, sie war auf dem Boden neben dem Sofa gekauert. Der Körper schmerzte, aber das war jetzt egal. Ein Schwindel erfasste sie. Sie versuchte sich zu orientieren. Es war dunkel. Nur von draußen drang das fahle Licht weit entfernter Stadtbeleuchtung herein. In einer fremden Wohnung wäre sie verloren gewesen. Aber hier saß jeder Schritt. Sie ließ das Licht aus. Aufgeregt stolperte sie zur Spüle. Sie brauchte etwas zu trinken. Dann würde sie sein Fieber messen. Gierig schüttete sie Wasser in ihren Hals, als etwas mit klirrendem Lärm umstürzte. Sie erschrak fürchterlich. Es hatte sich angehört, als wäre jemand mit dem Unterarm über den Wohnzimmertisch gefegt und hätte alles darauf stehende, inklusive Tablett, Gläsern, Medikamenten und Fernbedienung auf den Boden geschleudert.

»H... H. Harald? Schatz?«, fragte sie. Keine Antwort. Dann hörte sie ein dumpfes Geräusch. Wie wenn man gegen einen Kissen schlug. Es wiederholte sich.

»Sch... Sch... Schatz?« Nur ein Gurgeln kam zurück. Sara tastete nach dem Lichtschalter. Sie fühlte jenen, der das Licht in der Küche anmachte. Fuhr vorsichtig darüber ohne ihn zu betätigen. Wieder dieses dumpfe Schlagen. Plötzlich ein Stoß und das schnelle Schaben von Holz auf Holz, wie wenn man sich heftig das Bein am Ziertisch stieß. Sie verlor das Gefühl aus ihren Knien. Glitt mit den Fingern über den Schalter für die Leuchte über dem Esstisch. Sie lauschte. Nichts. Da war nichts. Kein Ton. Nicht einmal der Kompressor des Kühlschrankes war zufällig an. Es war, als wären ihre Ohren mit Watte verstopft. Ein Wimmern unterdrückend erreichten ihre Finger den letzten der drei Schalter. Jenen für die Lampe oberhalb des Sofas. Sie betätigte ihn und das Licht gab den Blick frei auf ihren Mann, der aufrecht auf der Bank saß. Den Rücken durchgestreckt und den Blick von ihr abgewandt. Starr auf einen Fleck unterhalb des Fernsehers geheftet. Jetzt schlug er wieder mit der rechten Faust auf die Sitzfläche neben sich. Luft drückte von innen gegen ihre Lippen und strömte mit einem erschütterten »Prff« heraus. Tränen schoben sich aus ihren Augen und über ihre Wangen. Sie musste schluchzen. Die Faustschläge gegen das Sofa wurden schneller. Härter. Immer wilder. Bis Harald aufsprang, sich herumdrehte, das Sofa mit seinen Armen umfasste und es laut brüllend in die Höhe riss. Der längere Teil blieb mit zwei Beinen auf dem Boden, aber dort wo er angefasst hatte, war das Möbelstück mehr als eineinhalb Meter in der

Luft. Die Decke rutschte von seinem gewaltigen Körper und er stand angespannt und verkrampft wie unter Strom da. Der Schock durchzuckte Sara wie ein Peitschenhieb, während ihr Mann unter Anspannung seiner knotigen Oberarme das Sofa von sich schleuderte, dass es mit einem gewaltigen Rumpeln aufschlug und gegen die Wand krachte. Er schrie und erneut zuckte sie so grässlich zusammen, dass sie beinahe umgefallen wäre. Jetzt konnte sie in sein Gesicht sehen. Die Augen waren irre. Aus seiner Nase spritzte Schleim und unter der hochroten Haut drückten Adern und Venen wie Regenwürmer aus der Stirn und dem Hals. Harald drehte sich herum und packte den Wohnzimmertisch, den er zuvor tatsächlich scheinbar leergefegt hatte. Diesen stemmte er als Ganzes hoch. Er drosch ihn gegen die Wand, dass es knackte und splitterte. Jedoch hatte er nicht losgelassen. Wieder schlug er ihn dagegen, dass tellergroße Brocken Farbe und Innenputz herausbrachen, bis nur noch Kleinholz übrig war. Sara schrie unwillkürlich. Sofort drückte sie sich beide Hände über den Mund, aber es hatte gereicht, um Haralds Aufmerksamkeit zu wecken. Ein kehliges, krächzendes Geräusch fuhr aus seinem Mund und er sprang auf sie zu. Dabei rutschte er auf den Resten des zerstörten Mobiliars aus und knallte zu Boden. Das zündete etwas in Sara. Sie rannte aus dem Wohnraum den Flur hinunter und stieß gegen die Wohnungstüre. Sie wollte sie aufreißen, aber sie war abgesperrt. Den Schlüssel herumzudrehen mutete sie sich nicht zu, dachte nicht einmal darüber nach. Nachdem diese Türe nicht aufging, griff sie zur nächsten Klinke, es war das erste Zimmer rechts, stürzte hinein und presste sich auf der anderen Seite dagegen. Dann wandte sie sich wie vom Blitz getroffen um. Mit bebenden Händen drehte sie den Zimmerschlüssel herum, bis er anstand. Ihre Beine gaben nach und sie fiel zu Boden. Draußen hörte sie die schweren, stampfenden, aber fast rennenden Schritte ihres Mannes. Hörte, wie er durch die Wohnung in ihre Richtung raste. Dann herrschte für ein paar Sekunden Stille. Ihre Augen quollen fast aus den Höhlen vor Panik. Sie hatte dieses Zimmer seit unzähligen Monaten nicht mehr betreten und es herrschte völlige Dunkelheit. Dennoch wusste sie über jede Kante, jedes Möbelstück Bescheid. Hastig krabbelte sie neben die Kommode, stemmte ihren Rücken dagegen und die Füße gegen die Wand und schob sie unter verzweifeltem Ächzen vor die Türe. Gerade als sie sie ein paar Zentimeter vor der Türe hatte, wurde etwas so heftig gegen dieselbe gewuchtet, dass die Angeln quietschten. Wieder schlug es dagegen. Wieder und wieder und immer heftiger und wilder. So sehr, dass der Druck des Lärms in ihrer Brust zu spüren war. Als Sara begriff, dass es sich um die Fäuste ihres Mannes handeln musste, entfuhr ihr ein panischer Schrei, der in den eigenen Ohren weh tat. Sie schrie ein zweites Mal, nachdem sie das Kinderbett zur Seite getreten hatte und nach der Oberkante des schweren PAX-Kastens griff, mit aller Kraft daran zerrte und ihn zum Kippen brachte. Ein Satz zur Seite und er krachte unter ohrenbetäubendem Lärm zwischen Fenster und Kommode. Das Spiegelglas der Schiebetüren splitterte darunter heraus und in alle Richtungen. Sara stolperte ein, zwei Schritte zurück und riss dabei ein kleines Regal um. Es hämmerte noch immer so heftig gegen die Tür, dass sie befürchtete, sie gleich brechen zu hören. Aber die untere Hälfte musste blockiert sein, so wie die Möbel sich jetzt zwischen Türe und Wand verkeilt hatten. Das begriff sie in dem Moment aber überhaupt nicht. Stattdessen gab sie auf und sank in der Ecke, in der sie angelangt war, zu Boden. Blind und derart geschockt, dass sie gar nicht bemerkte, wie sich ihre Blase entleerte. Das Hämmern wurde härter. Brutaler. Dann ging es über in ein Knarren. Ein Drücken, als würde Harald seinen ganzen Leib gegen die Tür stemmen. Etwas brach und ein dumpfes, ruckelndes Reiben ertönte, das sie nicht zuordnen konnte. Wenige Sekunden später hätte sie es verstehen können, wenn ihr Verstand nicht den Versuch aufgegeben hätte zu arbeiten. Denn das Licht ging plötzlich an. Eine Hand, aufgerissen und blutig hatte sich durch den aufgedrückten Spalt gequetscht, der oberhalb der Kommode zwischen Türstock und Türkante entstanden war. Es war Haralds Hand. Es war die Hand ihres Mannes, die da irre mit zerrissenen Fingern an der Wand auf und ab fuhr und weder vor noch zurück konnte. Sara war wie versteinert. Sie hatte ihre Knie umschlungen und starrte ins Nichts, als die Hand zufällig wieder über den Lichtschalter fuhr und die Dunkelheit sie umfing.

Tag 9

I can feel death, can see its beady eyes
All these things into position
All these things we'll one day swallow whole

-RADIOHEAD, STREET SPIRITS

15

Daniel legte müde die Karten auf den Tisch. Er hatte keine Lust mehr, Siedler von Catan zu spielen. Er hatte es nur Bianca zu Gefallen getan. Sie hatte fast schon darum gebettelt. Nicht mit Worten, sondern mit ihrem Verhalten. Nachdem die Sonne aufgegangen und der Lärm von oben verstummt war, hatte er sich daran gemacht, zu planen. Erst hatte sie sich verweigert, aber bald hatten sie gemeinsam darüber gesprochen, was die nächsten Schritte sein sollten. Nicht konkret, sondern generell. Was brauchte man, wenn man überleben wollte, war die Frage. Sie kamen nicht weit, denn das Thema trug nicht zu Biancas Beruhigung bei. Sie war ohnehin schon aufgekratzt und nervös. Die Sorge um ihren Vater stand ihr ins Gesicht geschrieben. Es ertönte nur das Freizeichen, aber nie hob jemand ab, wenn sie ihn anrief. Ihre Mutter wusste ebenso wenig wie sie an diesem Samstagvormittag. Er war mittlerweile seit weit mehr als zwölf Stunden unterwegs und es gab keine Hinweise auf seinen Verbleib. Kurz vor Mittag war sie beinahe verrückt vor Angst und Sorge in der kleinen Wohnung auf und ab gerannt. Daniel hatte schließlich vorgeschlagen ihr Lieblingsspiel zu spielen. Sie hatte sich überreden lassen. Aber beide waren sie derart abgelenkt, dass sie genauso gut Schachfiguren über ein Dame-Brett schieben hätten können. Es machte überhaupt keinen Sinn, was sie da taten.

Über die Nachrichten versuchten sie Ablenkung zu finden und zugleich ihr Bedürfnis nach Aufklärung zu stillen.

»Neben den schweren Ausschreitungen und Plünderungen der vergangenen Tage können wir aber auch gute Nachrichten melden. Seit dem Ausbruch der Pandemie lässt sich in großen Teilen der Bevölkerung eine ungeheure Welle der Solidarität und Hilfsbereitschaft beobachten. Hunderttausende haben sich freiwillig gemeldet, um den Einsatzkräften und dem Katastrophenschutz unter Lebensgefahr zu helfen. Einzelne Menschen, ganze Familien, ja auch unzählige Firmen versuchen Europa über diese schwere Zeit hinweg zu helfen. Die im ganzen Land entstandenen Sammel- und Versorgungszentren könnten ohne die Beteiligung unzähliger freiwilliger und ehrenamtlicher Kräfte nicht funktionieren. Lebensmittelketten haben gratis Nahrungsmittel verteilen lassen...« Daniel dachte: Ja klar. Weil sie sonst verfallen und ohnehin nicht zu verkaufen sind. Er wechselte den Kanal, während Bianca verbittert sagte, was er nur gedacht hatte:

»Die geben doch sowieso nur her, was sie nicht mehr verkaufen können und was nach zwei Tagen schlecht wird, nachdem die Kühlketten unterbrochen wurden.« Er sah sie von der Seite an, sie erwiderte den Blick. Dann lauschten sie dem Nachrichtensprecher des nächsten Kanals: »Ist der Wert des Euro also massiv gesunken. Ein bildlicher Vergleich: Bekam man vor einer Woche für einen Euro und dreißig Cent einen Liter Milch, sind es jetzt stellenweise bis zu vier Euro neunundzwanzig.«

»Den Nagel auf den Kopf getroffen!«, bellte Daniel. Bianca grinste dreckig. Sie gefielen sich in ihrem Zynismus. Allerdings handelte es sich um eine Maskerade. Es war eine brüchige Oberfläche, unter der Angst, Unsicherheit und Hilflosigkeit brodelten. Daniel schaltete erneut um. Alles bisher Gesehene hatten sie bereits aus dem Netz erfahren.

Drei Kanäle weiter schien ein Experte in ein Studio geladen worden zu sein.

»...ist es nicht so weit hergeholt, wie viele meinen. In Indochina sterben noch heute jährlich um die fünftausend Personen an Tollwut. In Asien dreimal so viele. Dass sich dieses Virus, das in Europa als ausgerottet gilt, weil eine flächendeckende Impfvorsorge vor allem in der Tierwelt gewährleistet ist, sich in anderen Ländern durchaus verbreiten kann, ist Fakt. Wir beobachten in der Virologie immer wieder, dass Viren mutieren oder sich vereinigen. Es werden sogar laufend neue entdeckt. Die Kreuzung des Rabiesvirus, gemeinhin eben als Tollwut bekannt, mit einem Noro-Stamm, ist aus wissenschaftlicher Sicht höchst bemerkenswert und stellt uns vor einige Rätsel. Aber es ist offensichtlich kein Ding der Unmöglichkeit. Interessant wird es in weiterer Folge unter anderem auch deshalb, weil sowohl die Inkubationszeit als auch die Symptomatik sich von Individuum zu Individuum stark unterscheiden können. Faktoren wie Lebensumstände, Alter, Immunsystem, aber auch psychische Verfassung scheinen eine ausgenommen gewichtige Rolle zu spielen.«

Die Moderatorin fragte: »Ist es angesichts der mittlerweile nachgewiesenen, heftigen Symptomatik bei einigen Patienten zu verteidigen, dass mancherorts von einem Zombie-Virus gesprochen wird?«

Der Wissenschaftler räusperte sich. »Verzeihen Sie, aber diese Frage scheint mir wenig zielführend. Es handelt sich um ein wissenschaftlich hoch interessantes und noch nicht völlig aufgeklärtes, aber irgendwann bestimmt nachvollziehbares Phänomen. Wichtig ist es jetzt, dass an einer Lösung gearbeitet wird. Es wird unter Hochdruck daran geforscht, einen Impfstoff zu entwickeln. Das ist die oberste Priorität.« Die Moderatorin schien sich herausgefordert zu fühlen: »Das ist schön und gut. Aber benötigt die Entwicklung und schließlich auch Herstellung der benötigten Menge eines Impfstoffes nicht mitunter Wochen, wenn nicht Monate? Und vor allem, kann überhaupt ein Impfstoff gefunden werden, wenn es bisher nicht einmal gegen das Noro-Virus eine wirkungsvolle Impfung gegeben hat?« Der Experte überlegte. Er zögerte. Sein Gegenüber redete weiter: »Oder lassen sie es mich umformulieren. Wenn überhaupt ein Impfstoff gefunden wird: Was macht die Bevölkerung in der Zwischenzeit? Wie geht sie damit um, dass ihre Nächsten von diesen... Wutausbrüchen, diesen... Schüben betroffen sind?«

»Da müssen Sie mit einem Fachmann aus dem Katastrophenschutz reden. Ich bin in der medizinischen Forschung tätig.«

»Herr Salten, danke für Ihren Besuch im Studio. Und wir wechseln jetzt live...«

»Lisa, Fernsehen aus«, sagte Daniel und der Bildschirm wurde dunkel. Kurz schwiegen sie sich an.

»Das ist der Punkt«, sagte er schließlich. »Was machen wir in der Zwischenzeit!?«

»Naja, deine Liste ist ja mittlerweile ganz solide. Jetzt heißt es wohl, sie Punkt für Punkt abzuarbeiten, würde ich sagen«, entgegnete Bianca. Sie hatte recht. Sie waren schließlich doch produktiv gewesen. Hatten recherchiert und sich Schritt für Schritt aufgeschrieben, was zu tun war. Oder zumindest, was sie glaubten, was zu tun war. Es freute ihn, dass Bianca wieder redefreudiger wurde. Einige Stunden hatten sie kaum ein Wort gewechselt. Die Angst um ihren Vater und aufgrund der allgemeinen Situation nagten noch immer mit Haifischzähnen an ihr, da machte er sich nichts vor. Ihm ging es nicht anders. Aber er hatte etwas anderes gemeint:

»Nein, was machen *wir*?« Sie sah ihn an. Er würde sie als Nächstes fragen, ob sie nicht mit ihm zu seinem Elternhaus kommen wolle. Für ihren Vater konnte man eine Nachricht hinterlassen.

»Hm... Ich... Ich weiß nicht. Wenn mein Vater nicht... Ich...« Innerhalb von Sekunden war die Fassade abgebröckelt und sie beide rangen um Fassung. Ihr Vater musste kommen. Davon war auszugehen. Auf die Eltern konnte man sich verlassen. Ihr ganzes Leben lang schon. Beide hatten keine Ahnung, dass Bianca ihren Vater nie wieder sehen würde.

»Weißt du was? Vergiss es«, versuchte er, die Situation zu retten. Aber es wollte nicht recht gelingen. Also stand er auf und holte eine halbvolle Flasche Havanna Club und zwei Gläser aus dem Regal.

»Wir trinken jetzt erst mal etwas. Das hätten wir schon viel früher tun sollen.« Sie schüttelt jedoch nur müde den Kopf. Sie hatte das Kinn fast auf die Brust gelegt und blinzelte den Boden an. Daniel strich ihr über die Schulter und dachte krampfhaft nach, was er sagen könnte. Aber es wollte ihm nichts einfallen.

Zwei Stunden später hatten sie ordentlich gebechert. Aus heiterem Himmel hatte Bianca nach ein paar Minuten zu den Gläsern gegriffen, eingeschenkt und Daniel aufgefordert auf einmal auszutrinken. Das hatten sie noch ein paar Mal wiederholt.

»Du hast recht«, meinte sie jetzt leicht lallend. »Das hätten wir schon viel früher machen sollen.« Er sah sie einen Augenblick an und küsste sie dann. Sie erwiderte den Kuss und umgriff seinen Nacken. Er fasste ihre Taille und drückte sie nach hinten, auf die Matratze. Dann läutete sein Telefon. Wie von einer Tarantel gestochen sprang er auf und hob ab. Seine Mutter.

»Ja, hi Mam.«

»Hallo, mein Junge.« Seine Beine wurden butterweich. Immer wenn sie ein Telefonat so begann, war es ernst.

»W... Was ist los?«

»Ich... Ich weiß nicht, wie ich es dir sagen soll, aber...« Er ahnte es. Er wog den Kopf verneinend hin und her. Formte stumm jammernd das Wort »Nein«. Sie sagte nichts. Es quälte ihn. Die Stille machte es schlimmer. Aber er wollte nicht, dass sie es sagte.

»Dein Vater...« Ein kalter Schauer überfiel von unten seinen Rücken, stieg über die Schultern und wieder zu den Armen hinab. Tonlos wiederholte er: »Nein, nein, nein.«

»Dein Vater... er ist krank.« Sie klang zitternd.

»Mama...« Sofort hatte seine Stimme einen hellen Ton eingenommen. Sie drückte tiefstes Bedauern aus. Angst schwang darin mit.

»Ja, was soll ich sagen Liebling... Er hat heute Morgen einfach so begonnen sich zu übergeben.«

»Aber warum? Wie?« Daniel drehte sich herum und griff sich erschüttert an den Kopf. Er begegnete Biancas Blick, die auf dem Bett saß und mitfühlte.

»Naja, er war gestern draußen. Bei dem Laden um die Ecke. Wie ihr es ausgemacht habt. Hat Sachen besorgt. Du weißt ja besser Bescheid als ich.« Es stimmte. Er hatte die Liste in Absprache mit seinem Vater erstellt. Sie hatten gemeinsam via Telefon geplant. Erste Vorbereitungen hatte er bereits getroffen. Wasser hatte er für vierzehn Tage und vier Personen eingelagert. Gestern hätte er sich um weitere Lebensmittel und Heizmittel für den Kamin kümmern sollen.

»Aber er hat gesagt, er ist vorsichtig. Er hat ja alles angehabt, oder?«

»Ja doch...«, er hörte wie seine Mutter ein Schluchzen unterdrückte. »Natürlich. Mit den Handschuhen und deinem Motorradhelm und allem. Er sah aus wie ein verdammter Marsmensch.« Die letzten Worte lachte sie fast ins Telefon.

»Aber ich versteh's nicht. Wie kann es dann sein?« Die Verzweiflung riss ihm jetzt mit Fäusten die Eingeweide aus dem Leib. Er musste sich auf einen Sessel neben dem Esstisch setzen.

»Ich weiß es nicht...«

»Du solltest jedenfalls nicht herkommen... Warte, deine Großmutter will dich sprechen.«

»Warte!...«, sagte er aufgeregt. Daniel versuchte sich zu fassen. Schaffte es aber nicht ansatzweise. Er drehte sich ein wenig zur Seite.

»Mama...«, flüsterte er jetzt. Das Mikrofon und seinen Mund mit der Hand abdeckend, sodass Bianca ihn nicht hören sollte: »Ich habe Angst.«

16

Irgendwann hatte er den Arm herausbekommen und war zurück in den Wohnraum gestolpert. Sie wusste nicht, wie lange sie ihn noch hörte. Geschirr klirrte und Dinge wurden zerschlagen. Es klang alles wie weit entfernt und fremd. Die Sonne war längst aufgegangen und linste durch die zarten, zitronengelben Jalousien in das Kinderzimmer. Sie hatte stundenlang auf einen Fleck warmen Lichts geblickt, der durch das Zimmer gewandert war und den Weg der Sonne nachzeichnete. Sie befand sich in einem Zustand zwischen Bewusstsein und Traum. Zeit war keine Maßeinheit. Später wusste sie, dass sie unter Schock gestanden war. In den Stunden, in welchen sie aber in der Ecke des Zimmers ihres totgeborenen Babys gekauert hatte, wusste sie gar nichts. Dachte sie gar nichts. Sie *war* einfach nur. Als das Tageslicht draußen allmählich in ein schales Grau versickerte, stand sie auf. Es dauerte unendlich lange, die Kommode möglichst leise in ihre alte Position zu schieben. Und fast genauso lange, um die verklemmte, halb aufgebrochene Türe aus dem Rahmen zu ziehen. Schließlich hatte sie sie aber so weit frei, dass sie hinausschlüpfen konnte. Sofort schlug ihr ein befremdlicher Geruch entgegen. Es erinnerte sie an offenen Restmüll, der zu lange unter der Spüle gestanden hatte. Bereits im Flur zeigte sich ihr ein Bild der Verwüstung. Die Garderobe war umgerissen worden. Kleiderstücke, Schuhe, Holzsplitter. Alles lag durcheinander. Als sie sich zum Wohnraum vorgetastet hatte, erkannte sie ihr Zuhause nicht wieder. Die Einrichtung war kurz und klein geschlagen. Die Möbel waren einfach nicht mehr vorhanden. Vom Boden war nichts zu sehen, die Trümmer bedeckten ihn fast vollständig. Aus den Wänden waren Teile der Farbe und des Innenputzes geschlagen. Verschmierte Blutspuren zeichneten sich dazwischen ab. Sogar einige Lampen hingen gesplittert in den Fassungen. Einzig der Esstisch stand seltsam unberührt. Sie sah sich um. Aber Harald war nicht zu sehen. Als sie über einen Teil des Wohnzimmertisches stieg, knackte es unter ihren Füßen und sie erstarrte. Schloss die Augen und lauschte. Nichts. Sie hörte den Kühlschrank. Ansonsten: Nichts. Jetzt erst fragte sie sich, warum sie nicht direkt die Wohnungstür geöffnet hatte und hinausgerannt war. Als Nächstes kam ihr zu Bewusstsein, dass das ihr erster klarer Gedankengang war. An den sie sich erinnern konnte, nachdem er vorübergezogen war. Sie blinzelte. Ihr Verstand sickert aus einer surrealen Welt zurück in die Realität und sie beobachtete ihn dabei, glaubte sie zu wissen. Dann fiel ihr Rex ein. Ihren Hund hatte sie völlig vergessen. Was war mit ihm geschehen? Sie hörte nichts von ihm. Was, wenn Harald ihn in die Finger bekommen hatte? Sie sah sich weiter um. Kein Harald. Ein Blick um die Ecke. Da waren die drei Lichtschalter, deren unterster gestern Nacht den Blick auf diese Hölle eröffnet hatte. Sie spürte wieder dieses Gefühl in ihren Knien. Oder besser: dieses Ungefühl. Diese Gefühllosigkeit. Zitternd machte sie noch zwei Schritte und blickte in die Küche. Und da lag er. Zwischen aus den Angeln gefetzten Küchenkästen, zwischen aufgerissenen Konserven, zwischen wild verstreuten, harten Nudeln, Tomatensoße, eingelegtem Thunfisch, Keksen und allerlei anderen Speiseresten und halb verzehrten Lebensmitteln lag ihr Mann. Gekrümmt, gleich einem Embryo lag er von Blut und Erbrochenem und Essen und Fäkalien verschmiert in einer Ecke und atmete schwer. Schweißperlen zeichneten sich auf seiner Haut ab, die sich eingefallen und aschfahl über die schlaffen Muskeln spannte. Sara schluckte. Sie ging in die Hocke und beobachtete ihn. Seine Augen bewegten sich hinter den Lidern. Er schlief. Ein Rascheln ließ sie herumfahren. Einen Schritt entfernt, auf der anderen Seite des Esstisches, kroch und drückte sich ein weiß-beiges Fellknäuel unter einer zerrissenen Couchkante hervor. Rex wimmerte und zitterte, als er sein Becken herauszog, und eilte schließlich mit drei großen Sätzen auf sein Frauchen zu. Er schmiegte sich an sie, fast wie eine Katze, stellte dann die Vorderpfoten auf ihren Schenkel und wedelte mit dem Schwanz. Sara drückte ihn eng an ihre Brust und spürte heiße Tränen in ihren Augenwinkeln schmatzen. Sie drückte seinen Kopf an ihr Herz und grub die Finger in sein Fell. Als sie wieder aufsah, erkannte sie, dass Harald aufwachte. Sie hielt die Luft an und mit der linken Hand die Schnauze ihres Hundes zu. Er blinzelte sich munter. Er bewegte sich nicht. Ein Ächzen entrang sich seiner Kehle. Er war kraftlos und kaputt. Als er sie erfasste, war da wieder dieser Blick. Dieser Blick eines Tieres, dem das Rückgrat gebrochen war. Er öffnete den Mund, aber kein Laut kam heraus. Wie ein Verdurstender in der Wüste wirkte er auf sie. Alle Mordlust und Blutgier war aus seinem Gesicht gewichen. Er war ihr Mann. Er war Mensch. Sara weinte. Nicht aus Erleichterung. Sondern aus Angst. Sie kippte zurück, jederzeit bereit, aufzuspringen und davonzurennen. Um ihr Leben zu laufen. Aber da war nur dieser Blick. Und der vergebliche Versuch, die Hand in ihre Richtung zu heben.

Kapitel 2

Alles schlug wie eine Woge über mir zusammen, ich musste an mich halten, um nicht laut aufzuschreien.

-JEWGENIJ SAMJATIN, WIR

Markus König war an einem Dienstag mit Fieber von der Arbeit gekommen. In der Nacht hatte er heftig erbrochen und starke Schweißausbrüche gehabt. Mittwochmorgen war das Fieber auf neununddreißig Grad gestiegen. Seine Lebensgefährtin Franziska hatte die Rettung gerufen, wurde aber bloß vertröstet. Sämtliches Personal war im Einsatz. Ihr wurde von der Dame in der Leitstelle geraten Essigumschläge zu machen und für eine ausreichende Flüssigkeitszufuhr zu sorgen. Am Vormittag war Markus in einen komatösen Schlaf verfallen und gegen Mittag wurde er von einem ersten Schub erfasst. Neun Stunden lang hatte sich Franziska in der Toilette eingesperrt, während ihr Partner die halbe Wohnungseinrichtung zertrümmerte, ehe er kraftlos zusammensank. Am Abend des folgenden Tages war Franziska bereits klüger. Sie hatte Markus im Schlafzimmer eingesperrt, als sich ein neuer Schub ankündigte. Davon wollte sich dieser in seinem Anfall aber nicht abhalten lassen, sondern klemmte seine Finger an der oberen Kante zwischen Rahmen und Tür, stemmte sich mit den Füßen gegen die Wand daneben und riss mit aller Kraft, die er aufbringen konnte daran, um sich aus dem

Gefängnis zu befreien. Es dauerte nicht lange, bis das Holz rund um das Schloss nachgab, Markus mit einem gewaltigen Ruck zurückflog und unter der Wucht seiner vierundachtzig Kilogramm gegen die Kante der Unterwäschekommode knallte. Es krachte, als sein Rückgrat brach. Er starb zwei Stunden später.

Vier Stunden nachdem Margit Ferlitsch in Kassel ihren ersten Schub erlitten und ihrem Ehemann die Halsschlagader aufgebissen hatte, sackte sie vornüber mit dem Gesicht in den Schlamm ihres Vorgartens. Sie war vierundsechzig Jahre alt und starke Raucherin gewesen. Den Adrenalinschwall, der mit dem Schub einhergegangen war, hatte sie nicht verkraftet und einen schweren Herzinfarkt erlitten.

Am Donnerstag hatte Thomas Innauer aus Wien seinen zwölfjährigen Sohn erschlagen, nachdem dieser ihm ein golfballgroßes Stück Fleisch aus dem Oberschenkel gebissen hatte. Freitagabend dachte er, an Fieber zu sterben. In der Nacht rannte er in einem ersten Anfall mehrfach gegen die Mauer seiner Zweizimmerwohnung im siebten Stock. Bevor ihn die Aufschläge bewusstlos machten, erwischte er statt einer Mauer ein Fenster, das unter seinem Gewicht berstend nachgab.

Simon Hafner, seines Zeichens Münchner Informatikstudent, brach sich mehrfach und offen den Unterarm, als er während seines ersten Schubs in einem Tobsuchtsanfall die Duschkabine zerlegte, in der er zuletzt versucht hatte, das Fieber mittels Kaltwasser zu senken. Sein Tod kam zweiunddreißig Stunden später in Form eines Organversagens als Folge einer schweren, unbehandelten Sepsis.

Tag 34

Es führen viele Wege in die Hölle, aber keiner heraus.

-UNBEKANNT

17

Daniel quetschte sich unter dem Spalt, den er zwischen Rolltor und Boden zuvor aufgehebelt hatte, hindurch. Er hatte den Kopf hinausgestreckt, den Rucksack voraus geschoben und war hinterher gerobbt. Gerne hätte er bezahlt, aber die Apotheke war längst dauerhaft geschlossen. Ohnehin war sie beinahe ausgeräumt worden, ehe sie versperrt worden war. Man hatte alle brauchbaren Medikamente in die Großversorgungszentren am Messegelände und im Stadion gebracht. Daniel hatte sich keine Hoffnungen gemacht, lebensrettende Tabletten zu finden. Schmerzmittel oder Verbände. Er war aus einem anderen Grund in die Apotheke eingebrochen. Zu seiner Überraschung aber war das Präsentationsregal hinter der Kasse nicht ausgeräumt worden. Während Angestellte des Katastrophenschutzes scheinbar in Windeseile alle Schränke leer gemacht und in Kisten verstaut hatten, war übersehen worden, dass ja noch eine ganze Menge Zeug fein säuberlich im Verkaufsraum stand. Sein Rucksack fasste nicht einmal ein Zehntel der vorhandenen Medikamente, die hauptsächlich Schmerzmittel für unterschiedlichste Beschwerden waren. Auch jene Pillen, für das er extra hergekommen war, hatte er, nach eineinhalb Stunden Suche in dem Chaos, gefunden. Wie er vermutet hatte, hatte man scheinbar keine drängende Notwendigkeit dafür in den Versorgungszentren gesehen.

Er setzte den Helm auf, den er am Asphalt neben dem Eingang abgelegt hatte, richtete die Mundmaske, die er darunter und außerhalb von zu Hause stets trug, und zog den Rucksack über die Schultern. Immer wieder wenn er wie jetzt draußen unterwegs war, musste er sich darüber wundern, wie verblüffend ähnlich der Zustand der Straßen jenem Zustand glich, in dem sie am Morgen nach Silvester waren. Kein Auto fuhr, kein Laut war zu hören. Die Häuser standen wie ausgestorben. Die Läden versperrt. Hier gab es keine Verwüstung. Hier waren keine Ausschreitungen gewesen. Ab und an stand einmal ein Wagen schief in einer Einfahrt oder blockierte einen Fahrstreifen. Aber ansonsten hätte man meinen können, es wäre Neujahrstag. Der Parkplatz vor dem Laden zum Beispiel war leer, aber die Einfahrt war von einem unkoordiniert abgestellten Lkw versperrt worden. Daniel hatte das Kleinkraftrad, eine kleinmotorige Motorcross, die er eine Woche zuvor unbeschädigt und mit steckendem Zündschlüssel zwei Straßen von seiner Wohnung in einem Vorgarten liegend entdeckt hatte, also um die Ecke abstellen müssen. PKW-Führerschein hatte er keinen und somit sich auch nicht zugemutet ein Auto zu lenken. Ohnehin waren die Straßen mit zwei Rädern viel besser zu passieren.

Als er fast da war, hielt er inne. Er war sich nicht mehr sicher, es direkt an dieser Stelle, die jetzt vor ihm lag, abgestellt zu haben. Er klappte das Visier seines Helms hoch und schaute sich um. Es war weg. Wenn es aber jemand weggefahren hätte, hätte er es hören müssen. Und überhaupt befand sich der Zündschlüssel dafür in seiner linken Hosentasche. Zur Sicherheit fühlte er danach und ertastete ihn deutlich unter dem Jeansstoff. Bevor er sich aus dem Staub machen konnte, denn er ahnte, dass an der Situation etwas faul war, hörte er eine Stimme, gedämpft von dem eng sitzenden Motorradhelm.

»Schlüssel her.« Er drehte sich um, und sah drei Typen, die in etwa in seinem Alter sein mussten. Vielleicht etwas jünger. Sie trugen Arbeitshosen, dicke Stiefel und steif wirkende Stoffjacken, wie man sie amerikanischen Uniformen des vergangenen Jahrhunderts nachempfunden hatte. Gerade als sich Daniel herumdrehte, streiften zwei von ihnen grüne und weiße OP-Masken von unterhalb ihres Kinns über Mund und Nase. Der Mittlere, er hatte dreckig-blondes Haar, das in Strähnen in seine Stirn hing, hatte die Hand gehoben, die Innenfläche nach oben, und deutete ihm mit dem Zeigefinger, dass er seine Schlüssel haben wollte.

»Das ist mein Motorrad«, antwortete er und war verwundert über seine Kühnheit. Der Linke, er hatte seine Maske noch im Gesicht, und jetzt erkannte Daniel, dass über die gesamte Breite mit schwarzem Lackstift ein bleckendes, grinsendes Gebiss gemalt war, löste jetzt seine

Hand hinter dem Rücken und Daniel musste feststellen, dass er eine lange, rostbraune Eisenstange in der Faust hielt. Eine gedrehte Eisenstange, wie man sie im Bauwesen verwendete, wo man sie in den gegossenen Zement tragender Wände einmauerte. Sie war nur so dick wie ein Zeigefinger. Aber sie war tödlich. Das wusste Daniel. Der andere zückte ein Messer aus einer Scheide an seinem Gürtel. Daniels Puls explodierte. Es dröhnte plötzlich in seinen Ohren. Ihm wurde heiß und er hatte das Gefühl, sein Kopf würde in einer Zwinge stecken, als er sich der Situation bewusst wurde. Der Mittlere zog keine Waffe. Stattdessen hatte er seinem Zeige- auch die anderen Finger angeschlossen. Es war fast ein Herwinken.

»Und den Rucksack lässt du auch da.« Daniel war inzwischen wie eingefroren. Er kämpfte innerlich darum, sich endlich zu bewegen. Aber die Angst lähmte ihn. Die Gruppe wurde ungeduldig. Der eine ließ die Eisenstange mit einem Surren X-artige Bewegungen in der Luft machen. Der andere legte den Kopf zur Seite.

»Na wird's bald?« Und endlich löste sich das Eis. Daniel durchzuckte ein kurzes Beben und er streifte den Rucksack ab. Mit zitternden Fingern warf er ihn vor die Füße der Bande. Der Anführer blickte kurz hinunter, hob dann wieder den Kopf und sagte: »Schlüssel!« Er wusste nicht warum, aber plötzlich überkam Daniel solche Panik, dass er rückwärts davonrennen wollte. Mit einem Aufschrei stolperte er über die eigenen Füße und knallte der Länge nach auf den Asphalt. Im nächsten Moment stand der Blonde vor ihm, bückte sich und packte ihn am Kragen. Er brüllte ihn an und schüttelte ihn. Im Helminneren war es wie in einer Sauna, die einen Berghang hinunterrollt. Es war eine intuitive, eine unwillkürliche Bewegung, die folgte. Irgendwie rammte er dem Kerl das Schienbein gegen den Hosenboden. Der Angreifer schrie auf und kippte zur Seite, sein Geschlecht mit beiden Händen umklammernd. Als Daniel sich bemerkte, was er gerade getan hatte, versuchte er davonzukrabbeln. Rückwärts und auf allen vieren Richtung Straßenmitte. Aber da waren die zwei anderen bereits, heran. Zuerst spürte er einen Tritt gegen die Rippen. Dann eine heftige Erschütterung, als sein Kopf getroffen wurde und eine zweite, als er mit dem Helm gegen die Fahrbahn der Straße knallte. Es folgte ein hässliches, schneidendes und klatschendes Schnalzen, das vom Rücken ausgehend seinen ganzen Körper durchzog. Das war die Stahlrute. Sie schlug gegen seinen Oberschenkel, gegen den Rücken, den Arsch. Und jedes Mal dachte er von einer Kugel getroffen worden zu sein. Er wusste, dass er sterben würde, wenn das so weiterging. Bebend griff er nach dem Schlüssel, kam zwecks der Handschuhe, die er trug, nicht hinein. Er musste sie erst abstreifen. Da grub sich ein Fuß oder irgendetwas Ähnliches in seinen Bauch, dass ihm die Luft wegblieb. Er röchelte und rang nach Luft, griff dabei zuckend nach dem Schlüssel. Schob die Hand hinein, griff ihn, empfing die Eisenstange auf dem linken Oberarm. Er dachte, jetzt sei er gebrochen. Durch den Schmerz krampften sich die Finger um den Schlüssel und er zog ihn heraus, streckte die Faust in die Luft. Noch ein Tritt und er wurde zur Seite geschleudert. Dann riss ihn ihm jemand aus der Hand und es war vorbei. Er hustete und krümmte sich und dachte, er würde sterben, als aus dem Nichts,

Sekunden nachdem er gemeint hatte, sie hätten abgelassen, irgendein fluchendes Gemurmel ertönte und sein Kopf von etwas wie einem Amboss getroffen wurde.

18

Sara saß in dem weiten Lieblingskapuzenpulli ihres Mannes am Balkon. Darunter trug sie Skikleidung. Es machte kaum einen Unterscheid mehr, ob man draußen war oder im Inneren. Es war fast gleich kalt. Sie beobachtete das wechselhafte Wetter und rauchte. Sie hatte frische Zigaretten mitgebracht, nachdem ihr nichts anderes übrig geblieben war, als rauszugehen und Lebensmittel zu besorgen. Das war jetzt eineinhalb Wochen her. Seit Haralds erstem Ausbruch waren über zwei Wochen vergangen. Aber es kam ihr vor, als hätte es sich um Monate gehandelt, als sie daran zurückdachte.

Die ersten Stunden war er nicht imstande gewesen, auch nur ein Wort zu sprechen. Er konnte sich nur unter großen Schmerzen und erschreckend langsam bewegen. Als wäre er angefahren worden. Oder hundert Jahre alt. Nachdem sie sich ihm angenähert hatte, war ihr zuerst dieser widerliche Geruch aufgefallen. Dieser Gestank, der nicht von den zerstreuten Lebensmitteln oder dem Hundekot, den Rex abgesetzt hatte, herrührte, sondern der aus den Poren ihres Mannes drang. Sie wusste es nicht besser als ihn mit einer Mischung aus Eiter, Blut und Knoblauch zu vergleichen. Ängstlich wusch sie ihren Mann notdürftig und schaffte ihn ins Schlafzimmer. Dieses hatte er unberührt gelassen. Wahrscheinlich, weil er die geschlossene Türe einfach nicht beachtet hatte. Sie versorgte die Riss- und Quetschwunden, gab ihm zu trinken und deckte ihn zu. Die ganze Zeit über wirkte er auf sie wie ein schwerbehinderter Mensch. Sein Kopf kreiste manchmal kraftlos von einer Schulter zu anderen, seine Bewegungen waren langsam und dann wieder ruckhaft. Unkoordiniert. Er konnte von alleine nicht sitzen, geschweige denn stehen. Speichel triefte ihm aus dem Mund und immer wieder entfuhr seiner Kehle ein gequälter Laut, der am ehesten einem langgezogenen »Ä« glich. Als sie ihn versorgt hatte, sperrte sie die Schlafzimmertüre sorgfältig ab und setzte sich auf die Trümmer ihrer Garderobe. Ihr Ehemann war ein Pflegefall. Es war nichts mehr da, von diesem Mann, den sie liebte. Und wer weiß, ob sich das ändern würde. Sie sah in den Wohnraum und musste bitter auflachen, als sie Rex unbeholfen über die zerschlagene Einrichtung staksen sah. Als sie sah, wie Dinge unter seinen Pfoten nachgaben und er sich erschreckte, wenn er abrutschte. Sie musste ihn füttern. Aber wo war sein Futter jetzt?

In den späten Abendstunden hatte sie einen notdürftigen Korridor bis zum Balkon geschaffen. Der gröbste Schutt war an den Wänden aufgeworfen. Brauchbares hatte sie um und auf dem Esstisch gesammelt. Unabhängig von dem Bild der Verwüstung ihres Zuhauses war die Bilanz zermürbend. Neben dem Wohnzimmertisch, dem Sofa und dem Fernsehkästchen lagen auch ihr Laptop, das Fernsehgerät, das Internetmodem und diverse Bilder in

Trümmern. Beide Telefone, ihres und Haralds, konnte sie einfach nicht finden. Sie waren wie vom Erdboden verschluckt. Die Küchenlampe funktionierte als einzige in dem großen Zimmer. Vier der acht Kastentüren rund um die Spüle und den Geschirrspüler waren herausgerissen worden und lagen unbrauchbar herum. Das meiste Geschirr war zerschlagen, Bücher wirr im Raum verteilt und Dekoartikel wild verstreut. Nach Stunden des Räumens hatte sie sich irgendwann hingesetzt und wischte sich den Schweiß von der Stirn. Sie braucht einige Sekunden, bis sie begriff, dass ihr Name gerufen wurde. Es war die dumpfe Stimme Haralds. Schweißgetränkt und schmutzverschmiert und mit plötzlich rasendem Herzschlag hätte sie beinahe den Schlüssel abgebrochen, als sie aufsperrte. Er lag in ihrem Bett, gestützt von drei Kissen, sodass er fast saß, und sah sie an. Seine Bewegungen waren fahrig, er wirkte eingefallen und krank und dieser eklige Gestank hing im Zimmer, obwohl das Fenster gekippt war. Aber diese Augen waren die ihres Mannes. Er lehnte sich zurück, nachdem sie eingetreten war. Die Anstrengung seines Rufens schien ihn jetzt schneller atmen zu lassen. Er musste verschnaufen.

»Wa... Was machst du denn für einen Lärm?«, krächzte er erschöpft, aber sanft. Er hatte keine Idee davon, was geschehen war. Dabei trug er an beiden Händen und den Armen dicke Verbände. Sein Körper musste schmerzen wie die Hölle. Er konnte nicht bei vollem Verstand sein. Dies erkennend ging Sara auf ihn zu. Sie hätte weinen wollen über diesen einen, in eine Frage verpackten, leicht zurechtweisenden Satz ihres Mannes. »Es ist alles gut,

Liebling. Alles gut«, antwortete sie und ging um das Bett herum, um sich an seine Seite zu setzen. Es war schwierig. Sie wollte sich hinsetzen, aber etwas in ihr sträubte sich. Die Bilder seines Anfalls rauschten durch ihren Kopf. Diese barbarische, animalische Gewalt, die aus ihm herausgebrochen war. Dieser unermessliche, teuflische Zorn. Und jetzt plötzlich sollte davon nichts mehr da sein? Sie konnte es nicht glauben. Aber sie musste sich setzen. Sie musste ihm zureden. Das brauchte er jetzt. Denn nach und nach sah sie ihm an, wie ihn das Gefühl beschlich, dass etwas nicht stimmte. Mochte er es von selbst bemerken, oder an ihrer Reaktion sehen, er ahnte etwas. Sie wollte es ihm ersparen. Wollte, dass er es nicht erkennen musste, auch wenn das auf Dauer unmöglich war. Nur noch einen Moment wollte sie ihm diesen Zustand unbeschwerter Unwissenheit lassen. Aber es war zu spät. Er sah sie an. Wurde jetzt auf seine Verbände aufmerksam. Er blinzelte.

»Wa... Was ist passiert?«

Sie wollte ihm antworten. Konnte es aber nicht. Stattdessen strich sie ihm über die eingefallene, raue Wange, aus der harte Bartstoppel ragten wie dünne Bleistiftminen. Er drehte den Kopf zur Seite, sah einen kleinen Teil der zertrümmerten Garderobe im Flur. Seine Augen wurden groß. Er schluckte heftig. Wollte etwas sagen. Aber er musste die Augen wieder schließen. Die Ader an seiner Schläfe pochte, als sich Tränen zwischen seinen Lidern herausdrückten.

»Es war gar kein Traum...« Sie sagte nichts. Harald hob ächzend die Arme, nur ein paar Zentimeter.

»Das da, das war ich selbst... Ich... Was sie in den Nachrichten gesagt haben...«

»An was kannst du dich erinnern?«, fragte Sara einige Zeit später und schenkte Tee ein. Er war zwischendurch weggeschlummert, war jetzt aber bei Bewusstsein. Das Reden macht ihm unendliche Mühe. Aber immerhin erbrach er nicht mehr. Und seine Körpertemperatur blieb konstant bei knapp achtunddreißig Grad.

»An nichts. Nur dieses Brennen. Diesen Zorn. Es war so unecht. Eine Türe... Ich habe... Was habe ich gemacht?«

»Kleinholz aus unserer Wohnung«, sagte Sara und wollte ihn aufmuntern. Er lachte und heulte zugleich, während er versuchte sich zu ihr zu drehen, jedoch zu kraftlos war. Sie wollte ihn an sich ziehen, aber dafür war er zu schwer. Also legte sie sich zu ihm, durch den Mund atmend, um seinen heftigen Körpergeruch irgendwie abzuschwächen. Unter Tränen murmelte er in ihre Brust: »Haben sie gesagt, was man dagegen tun kann?«

Sie brachte es nicht übers Herz ihm zu erklären, dass sie keine Möglichkeit hatte, sich zu informieren. Dass sämtliche Informationstechnologie in ihren vier Wänden zerschlagen war und dass sie ihre Smartphones noch immer nicht gefunden hatte. Er war aber ohnehin zu schwach, ihr länger als ein paar Minuten zuhören zu können.

Am Morgen danach kündigte sich der nächste Schub an. Es überrumpelte sie, obwohl Sara gemeint hatte, das nächste Mal besser damit umgehen zu können. Es besser verkraften zu können. Aber wie sich noch herausstellen sollte, war das wohl niemals möglich. Begonnen hatte es mit einem Zittern in den Händen, das sich allmählich auf den ganzen Körper ausbreitete. Harald hatte geschlafen, wie die meiste Zeit, seit er zum ersten Mal das Bewusstsein wiedererlangt hatte. Er war von dem Zittern selbst aufgewacht und hatte seine Frau gerufen. Innerhalb weniger Minuten stieg seine Körpertemperatur von achtunddreißig auf neununddreißig Grad Celsius an. Er wurde panisch und begann zu hyperventilieren. Alles was er herausbrachte, war ein gestammeltes: »Fesseln. Kabelbinder. Fesseln!« Sara überlegte fieberhaft, während sie dagegen ankämpfte, nicht selbst in Panik zu verfallen. Dann eilte sie in die Abstellkammer, riss den Werkzeugkoffer ihres Mannes auf und suchte fanatisch. Als sie mit einer großen Packung Kabelbindern zurückkam, zuckte Harald bereits am ganzen Körper. Er fluchte und brüllte. Schrie Wörter wie »Fotze« und »Hure« und »Missgeburt«. Und er meinte sie.

Dann trat ihm Schaum aus dem Mund und das Bett ächzte unter den heftigen Stößen seiner Extremitäten. Sie starrte die Kabelbinder an, die Harald bei ihrem Einzug zum Sonderpreis gekauft hatte. Die Packung mit den kleinsten, die sie für das Fixieren des Sichtschutzes an ihrem Balkongeländer gebraucht hatten, kostete ebenso viel wie jene Packung mit einer Auswahl aus sechs Größen, die Sara jetzt in Händen hielt. Fast von Sinnen vom Adrenalin, das durch ihren Körper strömte, riss sie die fast ellenlangen Plastikschlingen aus der Einschweißfolie. Dann drückte sie mit beiden Händen gegen Harald, sodass er wild zuckend aus dem Bett rutschte und neben den Heizkörper knallte. Sie stürzte auf die andere Seite und musste sich über ihn werfen, um seine Arme zu fassen zu bekommen. Sie wirbelten unkontrolliert durch die Gegend, schlugen ihr kraftlos gegen das Gesicht, die Brust. Harald gurgelte, röchelte unter ihr, während sie mit schweißnassen Fingern versuchte, seine Handgelenke zu fesseln. Aber sie rutschte ab. Noch ein Versuch blieb vergebens. Er bäumte sich jetzt unter ihr auf, streckte das Rückgrat durch und begann zu schreien. Sie kreischte vor Angst und biss sich in die Zunge, als er sie beinahe von sich warf. Sofort breitete sich der Geschmack von Eisen in ihrem Mund aus, sie atmete stoßend und gepresst. Versuchte sich zu konzentrieren. Sie führte das Ende eines Kabelbinders in die Führung, dass es klickte, fasste nach der einen Hand, fing die andere ab, die wild und unkontrolliert in die Luft schlug. Mit einem Unterarm presste sie beide gegen ihre Brust, während sie mit der anderen Hand den Kabelbinder, der jetzt ein weiter Plastikring war, darüber schob. Seine Finger krampften sich auf und zu, Muskelkrämpfe durchzogen seinen ganzen Leib. Das Plastik verfing sich zwischen Daumen und Hand, sie musste erst mit aller Gewalt den Daumen niederdrücken, um es hinunter zu bekommen. Dann war es über dem Handgelenk und Sara zog die Schlinge hastig enger. Haralds Augen hatten sich inzwischen zeitweise überdreht, der Schaum aus seinem Mund überdeckte das ganze Gesicht, aber seine Zuckungen wurden ruhiger, beherrschter, weniger. Heftig zitternd griff sie nach der Packung, die am Bett gelandet war, und zückte einen zweiten Kabelbinder. Es ging jetzt leichter. Ein dritter, ein vierter. Dann nahm sie zwei zusammen und drückte Haralds Arme nieder, gegen die Seite des Heizkörpers. Sie sah zu ihm hinunter, seine Bewegungen hatten sich eingestellt, aber der Körper unter ihr war keineswegs schlaff. Sie spürte seine Bauchmuskeln hart wie Ziegelsteine an ihren Schenkeln. Er riss den Mund auf und sog wie ein fast Erstickter Luft in seine Lungen, drückte den Kopf in den Nacken, dass sich seine Schultern vom Boden hoben. Er wurde zu einem Brett. Vor Angst schreiend verband sie seine Handfesseln mit der schmalen Leitung, die aus der Wand und in den Heizkörper führte. Es gelang ihr gerade noch eine weitere Schleife herum zu ziehen, und als sie nach der dritten greifen wollte, bäumte sich Harald auf und schnappte mit klappenden Zähnen nach ihr. Sie stürzte zurück und prallte so heftig gegen die Wand, dass sie glaubte, ihre Schulterblätter wären gebrochen. Er stierte sie aus brennenden Augen an und schnappte in ihre Richtung, fletsche die Zähne, dass der Speichel durch den Raum spritzte. Er wurde ungelenk zurückgehalten von den Plastikfesseln an seinen Handgelenken, den Unterleib mittlerweile durch das Aufsitzen unter das Bett verschoben. Sie konnte ihn keine Sekunde länger ansehen und stolperte aus dem Zimmer. Von außen versperrte sie es und kniete sich mit plötzlich erschlaffenden, tauben Gliedern neben die Reste ihrer Garderobe. Und sie lauschte. Lauschte und weinte.

Ein paar Tage später kam sie mit einem Karton in den Armen nach Hause. Sie stellte ihn im Flur ab, streifte sich die Atemmaske vom Mund und sah sie kurz an. Sie trug das Teil hauptsächlich, um nicht Gefahr zu laufen, mit einer Infizierten verwechselt und erschossen zu werden, und um überhaupt zu dem Lastwagen hinzukommen, von dem aus die Notrationen der Europäischen Union und des Katastrophenschutzes verteilt wurden. Es war ein unheimliches Durcheinander gewesen, die Menschen hatten sich die verteilten Kartons gegenseitig aus den Händen gerissen. Es mussten Warnschüsse abgegeben werden, um Ruhe einkehren zu lassen. Und wenn jemand schrie, zuckte die Menge, als wäre sie ein einziger Organismus, zusammen, in der Angst, ein Infizierter könnte sich unter ihnen befinden. Sie sah die Maske an, schüttelte den Kopf und war sich inzwischen sicher, die Krankheit nicht bekommen zu können. Sie musste an ein Computerspiel denken, das sie in ihrer Jugend gespielt hatte. Sie war keine große Zockerin gewesen. Aber ab und an hatte sie sich vor die Playstation ihres großen Bruders geklemmt und den ein oder anderen Abend gespielt, wenn Ferien waren. In dem Spiel ging es um ein Mädchen, das in einer Welt lebte, in dem Pilzsporen die Welt in den Abgrund gestürzt hatte. Sie war von einem Infizierten gebissen worden, hatte es jedoch überlebt. Und an einer Schlüsselstelle der Geschichte wurde sie gezwungen, aufgeschnitten zu werden, da die Wissenschaft aus ihrem Rückenmark ein Gegenmittel herzustellen glaubte. Es bedeutete ihren sicheren Tod, aber schließlich war sie selbstlos dazu bereit, es passieren zu lassen. Sara wusste, dass das Spiel in keiner Weise realistisch war. Die Wissenschaft funktionierte so nicht. Wenngleich es ein grandioses Spielerlebnis war, war das Game doch reine Fiktion. Aber sie musste jetzt daran denken, als sie den Mundschutz ansah und gleichzeitig darüber nachdachte, dass er zwar nützlich war, jetzt da in den Städten typische Katastrophenseuchen wie Cholera und Typhus und dergleichen ausbrachen. Es war gut, sich zu schützen. Aber gegen das Virus, für das es nie einen wirklichen Namen gegen hatte, der sich durchgesetzt hatte, brauchte sie die Maske nicht. Sie war immun. Sie hatte daran gedacht, sich zu melden. Sich selbstlos der Wissenschaft hinzugeben, wie es diese Figur in diesem Videospiel getan hatte. Und es hätte sie ziemlich wahrscheinlich nicht umgebracht. Aber wer hätte sich dann um Harald gekümmert? Was hätte es überhaupt genutzt? Und wenn sie möglicherweise sogar fordern hätte können, dass Harald versorgt würde, was würden sie wirklich mit ihr anstellen? Vielleicht war es der einzig richtige Weg, es doch zu tun. Aber sie konnte sich nicht überwinden. Sie konnte nicht klar denken. Die Welt funktionierte nicht so, wie es die Romane und Spiele und Serien vorgaben. Sie hatte ihre eigenen Gesetze, genauso wie die Menschen, die in ihr lebten. Sie waren kalt und egoistisch. Warum sollte sie eine Ausnahme bilden? Und außerdem war Sara zu zerrüttet von den unzähligen Stunden der Angst, die sich in ihr Gehirn gegraben hatten, um Mut zu fassen.

Sie hatte halbwegs Ordnung geschaffen in ihrer Wohnung. Die Holzteile der zertrümmerten Möbel lagen aufgestapelt am Balkon. Wer weiß, wofür man sie noch brauchen würde. Die Sitzkissen der Couch hatte sie entlang der Wand zwischen Fensterfront und Esstisch angeordnet, sodass man darauf liegen konnte. Die Küchenkästen waren noch immer ohne Türen und das würde wohl so bleiben.

Dafür hatte sie die zerschlagenen Lampen gegen die nackten Fassungen und Glühbirnen ausgetauscht, die sie bei ihrem Einzug in die Wohnung abmontiert und in der Abstellkammer verstaut hatten. Sie hatte die Lebensmittelreste, die Reste des Innenputzes und der Farbe beseitigt und heruntergerissene Vorhangstangen inklusive Gardinen wieder angebracht. Nachdem Harald die Schlafzimmereinrichtung zertrümmert hatte, hatte sie ihn in das alte Zimmer ihres toten Kindes gebracht. Er hatte nur schwach genickt. Wenn er gerade keinen Schub hatte, glich er einem schwer herzkranken Mann auf der Station für unheilbar Kranke. Er konnte kaum schlucken, geschweige denn sprechen. Er schlief die meiste Zeit und litt an extremen Gedächtnisproblemen. Sein Blick war gebrochen und seine Stimmung glich der einer Person, die an fortschreitender Demenz litt und sich gerade in dieser schrecklichen Phase befand, in der sie noch reflektieren konnte, dass sie den Verstand verlor. Er durchlebte die Hölle. Das wusste sie. Aber sie hatte keine Ahnung, wie sie ihm helfen konnte. Genauso wenig wie die Behörden.

Sie verzichtete vorerst darauf, den Karton aufzureißen. Stattdessen lauschte sie an der ersten Türe neben dem Eingang. Sie hörte nichts. Sie klopfte. Dann vernahm sie eine leise Antwort in Form eines Klopfzeichens an der Wand. Das war das Signal, dass alles in Ordnung war. Und Harald hatte es sich sogar gemerkt. Erleichtert drehte sie den Schlüssel um und sah in das Zimmer. Es befand sich lediglich die Schlafzimmermatratze darin. Alles andere hatte sie hinaus geräumt. Das Fenster hatte sie abgesperrt (einen Hebel mit Schloss hatten sie gekauft, als sie noch schwanger gewesen war) und mit Brettern des zerschlagenen Ehebettes vernagelt. Die rosarot und zitronengelb gestrichenen Wände wiesen kleinere und größere Ausbrechungen auf. Blutige Kratzspuren und Kotflecken. Harald saß in einer Jogginghose und Schlabberpulli auf der Matratze an der Wand und versuchte ein Buch zu lesen. Es war Stephen Kings »Carrie«. Er beschäftigte sich seit Tagen damit, wenn sie nicht bei ihm war und er nicht gerade schlief, was er die meiste Zeit tat. Er musste Stunden mit der Lektüre verbringen. Trotzdem war er erst auf Seite vierzig. Außer schlafen und dem Versuch zu lesen gab es nicht viel, das Harald tat, wenn er keinen Schub hatte. Oft blickte er einfach ins Nichts. Das mochte auch an den Unmengen an Schmerzmitteln liegen, die sie ihm einflößte. Ohne die wäre er wahrscheinlich bereits allein an den Schmerzen seiner Wunden gestorben. Sie hatte mittlerweile fast alles aufgebraucht, was ihre Hausapotheke hergegeben hatte. Drei Großpackungen Parkemed, zwei üppige Fläschchen Novalgin. Dazu Aspirin und Probepackungen unterschiedlicher Generika. Der Bestand war erschöpft, sie würde bald irgendwoher neue besorgen müssen, wusste aber nicht, wie sie das anstellen sollte. Im Zweifelsfall würde sie in das Krankenhausgelände schleichen müssen. Aber davor graute ihr. Aber sie bezweifelte, dass seine betäubtes Dasein nur an den Medikamenten lag. Es musste auch die Krankheit sein, die seinen Verstand so zermürbte, dass er nicht einmal mehr die einfachsten Tätigkeiten verfolgen konnte. Nur manchmal sah sie, dass er irgendetwas auf einen Collegeblock kritzelte, den er unter seiner Matratze aufbewahrte. Er weigerte sich aber, es ihr zu zeigen.

»Hi«, sagte er trocken und legte den Roman weg. Seine Bewegungen waren so greisenhaft, so langsam und müde, dass sie jedes Mal aufs Neue erschrak. So energiegeladen und schonungslos seine Körperkräfte explodierten, wenn er einen Schub hatte, so erschöpft und kaputt war er, wenn er sein Bewusstsein wiedererlangte. Sie betrachtete die Verbände. Sie saßen gut und frisch. Heute Morgen hatte sie sie gewechselt. Die Schweißbänder an seinen Armgelenken waren bereits abgewetzt. Sie würden bald neue brauchen. Immer wenn sich ein Schub ankündigte, fesselte sie ihn mit Kabelbindern oder einer Wäscheleine an Händen und Füßen. Beim ersten Mal hatte sie nicht bedacht, dass er sich aufscheuern konnte. Er hatte viel Blut verloren.

»Ich kann nicht mehr...«, presste er heraus und sank mit dem Kopf gegen die Wand. Sie wusste, dass er nicht das Buch meinte, versuchte es aber zu überspielen.

»Ach, die ersten Seiten habe ich mich auch durchgequält. Aber dann geht es gut«, antwortete sie und erkannte seine Enttäuschung, nicht verstanden worden zu sein. Sie atmete aus und ging zu ihm, hockte sich hin und strich über seine Knie. Sie sah ihn bloß an. Diese fahrigen, zerstörten Augen. Ihr Blick sagte: »Ich weiß.« Und: »Ich liebe dich.« Sein Gesicht schlug Falten und ungehemmt bildeten sich Tränen zwischen seinen Lidern. Er hatte nicht die Kraft, sie zurückzuhalten. Sie flossen einfach los, ohne weitere Regung.

Plötzlich sprang sie auf und eilte zur Tür zurück, um sie aufzuhalten. Sie war langsam in Richtung Schloss geschwungen, irgendwo musste ein Fenster offenstehen. Das war nicht weiter schlimm. Aber Sara hatte die Klinke innen abgeschraubt, sodass man den Raum nicht mehr verlassen konnte, wenn die Tür erst einmal zugefallen war. Die Idee war, dass Harald sie, wenn er gefesselt überhaupt bis zur Tür kam, nicht so leicht aus der Verankerung reißen konnte, da es nichts gab, an dem er sie anpacken konnte. Natürlich hatte er sich bereits dagegen geworfen. Aber die Tür ging nach innen auf, und damit blockierte der Rahmen sein Gewicht bestens, indem er über drei Kanten auf dem Türstock auflag.

»Gibt es was Neues von draußen?« fragte er flüsternd. Sie schüttelte den Kopf. »Im Netz?«

Wieder verneinte sie stumm. Sie hatte ihm gesagt, dass ihre Telefone kaputt waren. Aber das hatte nur teilweise gestimmt. Ihres war unbrauchbar zersplittert. Aber das seine hatte sie inzwischen unberührt unter den Resten eines Blumentopfs gefunden. Es hatte aber nur wenig genutzt. Denn ein paar Stunden nachdem sie es gefunden hatte, war nicht nur das Internet, sondern auch die Telefonverbindung völlig und endgültig zusammengebrochen. Zuvor hatte sie noch mit ihrem Bruder telefoniert, der jetzt mit seiner Frau, seinen Schwiegereltern und Saras Mutter nahe Bad Canstatt auf dem Bauernhof ihres Schwagers lebte. Niemand war krank. Es ging allen gut. Aber sie waren unzählige Kilometer weit weg. Haralds lebende Verwandtschaft beschränkte sich auf einen Onkel und zwei Cousins, die in Canada lebten. Sie hatten seit Jahren keinen Kontakt gehabt und das hatte sich auch jetzt nicht geändert.

»Ruh dich ein wenig aus«, sagte sie und strich ihm über die Wange. Sie legte ihn nieder und er sank erschöpft in das Kissen. Jedoch schlief er nicht, wie sonst, sofort ein. Er blinzelte an die Decke. Alles an ihm drückte Angst und Bedauern aus.

Jetzt, gut eineinhalb Wochen später und über einen Monat nach Ausbruch der Pandemie, zündete sich Sara eine zweite Zigarette an und blies den Rauch leidenschaftslos in die Luft. Ihr wurde erst bewusst, dass sie an den Nägeln kaute, als sie den des Ringfingers fast bis zur Mitte einriss. Es war ein menschenverachtender Schmerz, der ihr bis zum Ellbogen ins Fleisch fuhr. Sie fluchte, sah nach und steckte den Finger gleich wieder in den Mund, um das ausquellende Blut aufzufangen. Sie hasste die Welt.

19

Es war Daniel unmöglich, herauszufinden, wie lange er an der Straßenseite gelegen hatte. Die Sonne war die meiste Zeit von einer grauen, dicken Wolkendecke bedeckt gewesen. Nur allmählich riss sie jetzt stellenweise Löcher in den Himmel und strahlte herunter. Als er sich den Helm abstreifte, floss gestautes Blut, das bisher zurück gehalten worden war, wie eine kleine Sturzflut aus seiner Nase. Er atmete rasselnd und stoßweise. Sein Schädel dröhnte und die Augen brannten. Jeder Atemzug schmerzte wie ein Messerstich in der Brust.

Der Weg nach Hause würde ein Gewaltritt des Schmerzes werden. Und darüber, ob er überhaupt ankommen würde, war er sich ganz und gar nicht sicher. Er versuchte sich abzulenken, es zu ignorieren, indem er die Gebäude musterte. Die meisten Straßenzüge waren tot und ausgestorben. Hier und da sah er eine verängstigte Gestalt in einem Vorgarten oder auf der Treppe einer Wohnanlage. Sobald sie auf ihn aufmerksam wurde, huschten sie in das Dunkel ihrer Wohnungen zurück. Er erwartete sich keine Hilfe. Als er an der Unterseite einer breiten Brücke vorbeikam, hörte er ein schweres, dumpfes Schmatzen aus dem Dunkel unter der Fahrbahn und von den Pfeilern widerhallen. Sofort spürte er sein Herz heftig von innen gegen die Rippen schlagen. Er musste einen Umweg nehmen. Es hätte ein Tier sein können oder ein verwirrter Obdachloser. Es hätte alles Mögliche sein können. Aber er hatte nicht die geringste Lust, es herauszufinden. Vergeblich versuchte er, sich mit Erlebnissen aus der Vergangenheit abzulenken. Er dachte an Rollenspielabende mit Peter. Dachte an seine Großmutter. Seinen Vater. Aber schnell wurde aus den Erinnerungen Traurigkeit. Traurigkeit darüber, dass er wusste, dass sein Vater gestorben war, dass seine Großmutter und Mutter wohl auch bereits tot waren. Dass er Peter nie wieder sehen würde und dass überhaupt nichts mehr von dem, was er in seinem Leben geliebt hatte, jemals wiederkehren würde. Er kannte den Zustand, in den er drohte hineinzusacken, bereits. Wenn er ihn zuließ, würde er nicht mehr wieder so schnell herauskommen und womöglich im Rinnstein verdursten, ehe er nach Hause kam. Er durfte sich nicht hingeben. Weitergehen!, schrie er sich innerlich an. Immer weitergehen.

Plötzlich fiel ihm ein, wofür er das eigentlich alles riskiert hatte. Die Tritte, die Schläge, die sengenden Schmerzen. Warum er erst in die Apotheke gefahren war. Mit einem Anflug von Zorn fragte er sich, ob es das überhaupt wert gewesen war. Bianca hatte ihn dazu überredet. Ihn genötigt. Nachdem er sich weigerte, war sie selbst bereits an der Tür gestanden. Aber das wollte er nicht. Er wollte sie keinem unnötigen Risiko aussetzen. Sie hatte ihn zurückgestoßen und ihn gefragt, in welchem Jahrhundert er eigentlich lebte. Als Macho und Chauvinist hatte sie ihn beschimpft. Aber er hatte sich nicht beirren lassen und sie festgehalten. Ihr versprochen, er würde aufbrechen. Sie hatte ihn von sich gedrückt und war ins Badezimmer verschwunden. Und jetzt ging er hier. Mitten in einem aufgegebenen, zerfallenden Viertel seiner Heimatstadt, zwischen verstreuten Zeitungsblättern die sich träge im Wind über die Straßen schoben und dunklen, zum Teil mit frischen Graffitis angeschmierten Hausfassaden. Zwischen verlassenen Autos, manchmal noch mit offenen Türen, und eingeschlagenen Auslagefenstern. Zwischen kalten, einsamen Straßen und lichtlosen Wohnungen. Und er krümmte sich vor Schmerzen. Womöglich hatte er innere Blutungen und würde innerhalb von ein paar Stunden krepieren. Er war zornig und hatte Angst. Er wollte fluchen. Aber da ihn ohnehin niemand hören würde, der ihn kümmerte, und er nur unnötig Aufmerksamkeit auf sich ziehen würde, ließ er es bleiben. Die verbliebenen Einsatzkräfte und das Militär hatten sich zurückgezogen. Wohin genau, wusste der Teufel. Hier waren sie jedenfalls nicht mehr. Genau so wenig wie Strom, Heizung und Wasserversorgung. Es gab keinerlei Schutz und wenn er jetzt anfangen würde unkontrolliert mitten auf offener Straße herumzufluchen, konnte ihm noch wesentlich Übleres zustoßen, als von drei halbstarken Arschlöchern zusammengeschlagen zu werden.

Mitten in seinen selbstbemitleidenden und grimmigen Gedanken versunken blieb er abrupt stehen, als zu seiner Rechten ein Supermarkt erschien. Er hatte vorgehabt, ihn anzusteuern auf dem Weg nach Hause, es jedoch zwischendurch wieder vergessen. Umso verblüffter war er, dass er bereits so weit gekommen war, ohne umzukippen. Er war in den vergangenen Tagen schon drei Mal hier gewesen und hatte nie eine Menschenseele getroffen. Aber bei jedem Besuch war die Filiale der Lebensmittelkette leerer und leerer gewesen. Er machte sich keine zu großen Hoffnungen, als er darauf zuging, aber irgendetwas Trinkbares musste er finden. Der Durst brachte ihn fast um. Die Schiebetüren waren intakt und nach wie vor sorgfältig verriegelt. Allerdings waren zwei Scheiben der breiten Glasfront eingeschlagen worden. Die Scherben des Sicherheitsglases lagen wie breitgetretener Kies weit verstreut. Es knirschte, als er darüber trat und er dankte den Wanderschuhen, die er vergangene Woche in einem Laden für Sportartikel hatte mitgehen lassen. Im Inneren stieg er routiniert über die gesperrten Kassen und ging durch immer düster werdende Gänge mit beinahe völlig leeren Regalen. Je weiter man in das Innere vordrang, desto dunkler wurde es, da das einzige Tageslicht durch die ehemalige

Vorderfront drang. Hier und da lag noch eine verbeulte Konserve. Aus dem Hintergrund surrten Fruchtfliegen, die sich über das verfaulte Obst hergemacht hatten. Nachdem die Läden geschlossen worden waren, hatte es wohl noch einige Zeit gedauert, bis hier eingebrochen worden war. Anderswo war das bestimmt nicht erst so spät der Fall gewesen. Schon bei seinem ersten Besuch hatte er sich gedacht, welche Schweinerei es war, dass hier gute Lebensmittel verrotteten, anstatt an die bedürftige Bevölkerung verteilt worden zu sein. Niemand hatte sich scheinbar darum gekümmert, das rasch verderbliche Essen hinauszuschaffen. Das wäre auch in Ordnung gewesen. Aber irgendjemand hatte den Laden als Letzter abgesperrt. Und dieser jemand hätte in der Situation wissen müssen, dass eine Wiedereröffnung in nächster Zeit nicht stattfinden würde. Wahrscheinlich war es der Geschäftsführer selbst gewesen, der in deutscher Gewissenhaftigkeit seinen letzten Dienst nach Vorschrift versehen hatte, ohne jedoch auf das große Ganze Acht zu geben. Als er in den Gang für Getränke einbiegen wollte, blieb er erneut plötzlich stehen. Er sah etwas, das zuletzt noch nicht dagewesen war. Da hing ein Mann mittleren Alters. Die Füße gut zwei Meter über dem Boden. Er war an einem Kabel aufgehängt worden, das säuberlich zwischen den Paneelen der Decke verschwand. Wer auch immer es getan hatte, möglicherweise er selbst, er hatte gründlich gearbeitet. Das ist neu, dachte Daniel und war überrascht. In einem Film hätte er den Satz laut gesagt und würde sich dann eine Kippe anzünden, dachte er weiter. Aber das war kein Film. Anstatt es laut zu sagen, schüttelte es ihn vor Grauen, als er sich der unwirklichen Situation bewusst wurde. Er kannte die Geschichte zu der Leiche nicht. Aber es musste eine grässliche sein. Es war nicht der erste Tote, den er sah. Und weiß Gott nicht der letzte. Der Mann hatte nichts mit ihm zu tun und in zwei Minuten hätte er den Laden verlassen und nie wieder betreten. Es hätte ihn also nicht kümmern müssen. Trotzdem machte es ihm Angst, was er da sah. Unter den Fetzen leerer Bierkartons fand er schließlich zwei Flaschen Mineralwasser mit Apfelzimt-Geschmack. Er trank sie beide in wenigen Zügen aus und hätte sich danach von der ganzen Kohlensäure beinahe übergeben. Gegen das leere Regal gelehnt sah er noch einmal zur Leiche auf und unterdrückte einen Schüttelfrost. Die Aussage, die man immer wieder mal gehört hatte, dass der Anblick einer Leiche mit der Zeit nicht mehr so schlimm wäre, wenn man erst genug gesehen hätte, war eindeutig Bullshit. Er hatte eine scheiß Angst.

20

Sara betrachtete den Fingernagel und fluchte erneut. Die Blutung wollte einfach nicht aufhören. Wieder steckte sie den Finger in den Mund, nur um ihn für einen Zug von der Zigarette zu entfernen. Sie betrachtete die Reste ihrer Einrichtung, die hier, entlang des Balkongeländers, aufgestapelt neben ihr lagen und blieb hängen an einer bestimmten Stelle, an der ein oranges Handtuch herausragte.

Sie trocknete sich ihre Hände an dem orangen Handtuch ab und schloss den Badezimmerkasten, nachdem sie ihre Zahnbürste wieder darin verstaut hatte. Sie nahm noch einen Schluck aus der Flasche, mit deren Wasser sie ihren Mund ausgespült hatte und betrachtete den seit Kurzem nutzlos gewordenen Wasserhahn. Wenn man ihn aufdrehte, kam nur ein schlatziges Röcheln, ein paar Tropfen und ein aushauchendes Seufzen, ehe er ganz verstummte. Im Flur musterte sie den Karton, den sie am Vormittag mitgebracht hatte. Sie würde ihn endlich öffnen und die wenigen Lebensmittel auspacken müssen, die darin lagen. Es würde eine Enttäuschung sein, das wusste sie. Als sie ihn öffnete, lag obenauf eine Broschüre des Katastrophenschutzes. Kurz überflog sie sie. Allgemeine Informationen zur Ansteckungsvermeidung. Nahrungsrationierungsvorschläge. Signaltonerläuterungen. Darunter fand sie, in weiches Plastik eingeschweißt, Chlortabletten zur Aufbereitung von Trinkwasser. Auf der Rückseite der Broschüre entdeckte sie jetzt, dass empfohlen wurde das Leitungswasser entweder abzukochen oder mit diesen Tabletten zu versetzen, wie in der Anleitung festgehalten, nachdem aufgrund von Fehlfunktionen in der Kläranlage Verunreinigungen im Wasser festgestellt worden waren. Sie musste lachen. Jetzt bekam das Wegbleiben des Stroms und damit des Wassers eine besonders zynische Note. Die Notpäckchen waren bestimmt zusammengestellt worden, bevor der Strom ausgeblieben war. Aber immerhin wusste sie jetzt, dass, wenn jemals wieder Wasser aus der Leitung kommen würde, es nicht trinkbar war. Sie überlegte, ob die Situation als makaber oder zynisch zu bezeichnen war.

Oder beides. Die letzten Stunden hatte Harald geschlafen. Jetzt aber hörte sie etwas in seinem Raum. Sie befürchtete, dass der nächste Schub anstand. Sie rief seinen Namen. Kurze Stille. Dann ein Klopfzeichen. Sie trat ein und beobachtete ihren Mann, wie er sich in die Wäscheleine verheddert hatte. Er musste versucht haben, sich selbst zu fesseln. Er sah aus wie eines der Tiere, die man von Greenpeace-Fotos kannte. Ein in einer Bierverpackung verhedderter Fisch. Oder ein in Plastiksäcken verendeter Pelikan. Es wäre komisch gewesen, wenn die Situation nicht so verdammt traurig gewesen wäre.

»Ich habe gedacht, einen Anfall zu bekommen und habe versucht, mich selbst zu fesseln. Aber das geht gar nicht.« Es war ein jämmerliches Bild. Sara eilte hinzu und befreite ihn umständlich. Er fühlte sich, als wäre er querschnittsgelähmt und würde gewaschen werden müssen. Es war so verdammt entwürdigend. Es war noch schlimmer, als wenn sie ihn mit feuchten Tüchern unter den Achseln reinigte. Immerhin schaffte er es mittlerweile alleine auf die Toilette, wenn sie ihn hin begleitete. Jedoch in seinen Schüben beschmutze er sich dafür umso mehr. Harald fühlte sich, als würde er im Körper eines Hundertjährigen feststecken. Aber das Schlimmste war, dass er auch das Gefühl hatte, den Verstand eines Greisen zu haben. Er war dumm. Er konnte einfachste Zusammenhänge nicht verstehen. Er starrte stundenlang auf ein Buch und musste jede Zeile mindestens fünf Mal lesen, um sie zu begreifen. Unendlich anstrengend war es, zu sprechen. Und genauso anstrengend war es, klar zu denken. Manchmal war es ihm egal und er blickte an die Decke und die Zeit verging. Aber in Momenten wie diesen schlug es ihm wie mit Eisenfäusten ins Bewusstsein, dass er ein verdammter Kadaver war. Er war ein verwesendes Stück Fleisch, das noch dazu das Leben seiner Frau zur Hölle machte. All das drückte sein Blick jetzt aus und flutete in Saras Seele. Sie versuchte sich nichts anmerken zu lassen, schaffte es aber nur bedingt. Schließlich hielt sie inne und sie umarmten sich. Oder besser gesagt, sie umarmte ihn. Harald schaffte es nur den linken Arm träge zu heben und über ihren Rücken zu legen. Der rechte steckte in einer provisorischen Schiene. Er hatte sich ihn vergangene Nacht doppelt gebrochen. Gemeinsam weinten sie. Später holte sie das orange Handtuch aus dem Badezimmer und tupfte Harald das Gesicht trocken. Er hatte gespeichelt und geschwitzt, ehe er wieder eingeschlafen war, erschöpft vom Heulen. Nachdem sie ihn zugedeckt und die Zimmertüre versperrt hatte, weckte ein leises Wimmern ihre Aufmerksamkeit. Im Wohnraum fand sie Rex, der in seinem zerfledderten Nest lag und sich nicht rührte. Er sah sie mit einem Blick an, der haargenau jenem glich, mit dem Harald sie am Abend vor seinem ersten Schub angesehen hatte. Der Hund bewegte sich nicht, nur seine Augen sahen herüber. Dann wieder ins Nichts und dann wieder herüber. Sara stürzte dazu und befühlte seine Stirn. Seine Haut glühte durch das Fell. Dann bemerkte sie den Geruch. Unter dem Esszimmertisch waren abwechselnd dünnflüssige Kotlacken und Pfützen aus Erbrochenem zu sehen. Seine Hinterläufe waren schmutzverschmiert und zitterten, als sie seinen Rücken streichelte. Sara hatte noch das kleine orange Handtuch in der Hand. Sie legte es auf ihren Schoß und wollte den Hund darauf ziehen. Aber er knurrte bloß. Also ließ sie ihn liegen, streichelte ihn und trauerte.

Sie versuchte ihm eine Mischung aus Wasser, Milch und einer Überdosis zermahlener Parkemed einzuflößen. Er weigerte sich zu trinken, während sich sein Zustand verschlechterte. Sie überlegte, ihm die Luft abzudrücken und damit zu erlösen. Aber sie brachte es nicht übers Herz. Es würde zu lange dauern. Für sie und für ihn. Sie wippte auf ihren Unterschenkel kniend vor und zurück und jammerte leise, während er das Bewusstsein verlor. Sie streichelte ihn in den Schlaf und weinte. Rex begleitete Sara seit sechs Jahren. Er war immer für sie da gewesen und sie hatte ihn wegen seiner Herzlichkeit, seiner Hingabe und seiner Doofheit geliebt. An einem Donnerstagabend brach sie ihm mit der Kopfkante eines Esszimmersessels das Genick.

Sie zog an ihrer Zigarette, sog das Blut von ihrem frisch eingerissenen Ringfingernagel und betrachtete mit eingefrorener Miene dieses kleine, orange Handtuch, welches sie damals zusammen mit dem Nest ihres Hundes hier draußen unter einem Berg an Sperrholz abgelegt hatte. Das Kisseneck an dem Rex manchmal gekaut hatte, ragte still unter dem Handtuch heraus.

21

Nach einiger Zeit streifte er den Helm wieder über, weil seine Arme zu schwach waren, ihn zu tragen. Er hinkte kaum, die Beine waren verhältnismäßig unverletzt. Jedoch musste er langsam gehen. Die Schmerzen in seinem Oberkörper waren mittlerweile so omnipräsent, dass er kaum denken konnte. Irgendwann nahm er sie hin und wehrte sich nicht mehr dagegen. Aber sie waren kaum auszuhalten. Nach etwa zwanzig Minuten erreichte er seine Straße. An dem Lebensmittelmarkt, in dem er früher immer eingekauft hatte, ging er einfach vorbei. Er hatte nicht die Kraft und Ausdauer, jetzt noch nach etwas Brauchbarem zu suchen. Er spürte, dass er kurz davor war, einfach umzufallen und einzuschlafen.

Er ging langsam über den Parkplatz in Richtung der Haustüre. Das immer wieder durch die Wolkendecke drängende Sonnenlicht machte seine Kopfschmerzen noch schlimmer. Er griff gerade nach den Wohnungsschlüsseln, als aus dem Nichts ein Körper vor seinen Füßen aufschlug. Das dumpfe Klatschen bohrte sich in sein Hirn, ehe er verstehen konnte, was geschehen war. Die Person zuckte nicht einmal. War sofort tot. Er sah Gehirnmasse und Blut aus dem verrenkten Körper sickern. Er schluckte, ging um den leblosen Körper herum und sperrte wie ferngesteuert die Türe auf.

22

Sie zog die Decke um ihre Hüfte enger und überlegte sich, ein Pflaster für ihren Nagel zu holen, während sie die Zigarette ausdrückte. Wenn es nicht aufhören wollte zu bluten, musste sie das wohl. Sara streckte sich zur Seite und drückte die Balkontüre einen Spalt weit auf. Horchte. Es war nichts zu hören. Gut. Haralds Anfälle kamen manchmal mehrmals täglich. Aber es hatte sich gezeigt, dass er am späten Nachmittag fast immer einen Schub erlitt. Sie ließ die Türe offen, auch wenn das bedeutete, dass die kühle Luft in die ohnehin schon kaum ertragbar kalte Wohnung eindringen würde. Nur noch zwei, drei Minuten wollte sie hier sitzen, ehe sie nachsehen ging. Bald würde sie durch die Wüste ihres Zuhauses steigen und ihren Mann fesseln müssen, damit er ihr oder sich selbst nicht das Gesicht auffraß. Da konnte sie sich noch zwei Minuten und eine Zigarette vorher gönnen.

Nachdem die Anzahl der Anfälle zunahm, waren ihr die Kabelbinder bald ausgegangen. Die Wäscheleine war mehrfach zerrissen und wieder verknotet worden. Sie hatte sich nach etwas Neuem umsehen müssen. Mangels Alternativen hatte sie ihn kurzerhand mit Kabeln diverser, längst unbrauchbar gewordener Elektrogeräte gefesselt, als sich erneut ein schwerer und lang anhaltender Ausbruch ankündigte, zwei Tage, nachdem sie Rex hatte umbringen müssen. Er tobte fünf Stunden in dem ehemaligen Kinderzimmer. Ging durch die Hölle in dieser Kammer. Manchmal schlug er mit dem Kopf gegen die Wand, bis er bewusstlos war. Diesmal aber nicht. Das Kreischen und Brüllen und Schlagen und Poltern hallte durch alle Zimmer, während Sara mit Ohrstöpseln vor der aufgesperrten Wohnungstüre saß, die Klinke in der Hand und jederzeit bereit, hinauszustürmen, sollte er durch die Zimmertüre brechen. Aber er tat es nicht. Jedes Mal wenn sie ihn hörte, schabte sich nicht nur die Angst um ihr Leben in ihre Hirnwindungen. Vor allem schmerzten sie die Gedanken daran, wenn sie es krachen hörte, dass ihr Mann gerade seinen eigenen Körper unvorstellbar malträtierte. Ihn geradezu auseinandernahm. Und sie dachte an die unaussprechlichen Höllenqualen, die er permanent litt, wenn er bei Bewusstsein war. Da half es auch nicht ihm Schmerzmitteldosen in Mengen in den Rachen zu schieben, die am Rand der Überdosis kratzten. Während sie abwartete, dachte sie zum ersten Mal seit einer gefühlten Ewigkeit darüber nach, wie es jetzt weitergehen sollte. Während Harald nebenan dabei war, sich wohl sämtliche Knochen zu brechen in seinem unhaltbaren Zorn, schoss ihr der Gedanke ein, dass sie in den letzten Tagen nicht ein einziges Mal an die Zukunft gedacht hatte. Und dann wurde ihr bewusst, dass es keine Zukunft gab. Es gab nichts, was kommen konnte und gut war. Solange sie leben würde, würde ihr Dasein bestehen aus einer unendlichen Abfolge von Zuständen der Angst, Trauer, Depression und Bedrückung. Sie griff nach dem Zettel, den sie mit dem Versorgungspaket nach Hause gebracht hatte, und versuchte, ihn genauer zu lesen. Immer wieder zuckte sie zusammen, wenn ein besonders grausames Brüllen, ein auffällig lauter Aufschlag oder dieses hässliche Kratzen von noch nicht abgebrochenen Fingernägeln auf der Wand ertönte. Da war die Rede davon, dass alle Kräfte an einer Lösung arbeiteten. Dass die Regierung weiterhin ihre Arbeit verrichtete. Dass der Staat nicht aufgelöst sei. Dass man sich weiterhin an Gesetz und Ordnung zu halten habe. Es war eine Karte eingezeichnet mit Auffang- und Sammellagern außerhalb der Städte. Dort sollte eine Grundversorgung gewährleistet sein. Ob man das glauben konnte, wusste Sara nicht. Aber sie dachte darüber nach, Harald einzupacken und mit ihm dorthin zu fahren. Es würde sie vielleicht umbringen, vielleicht würden sie von dem Parkplatz gar nicht wegkommen, aber sie mussten es versuchen. Immerhin, sie war nicht krank geworden. Das musste ja doch etwas wert sein, dachte sie. Sie mussten es versuchen. Andernfalls würden sie hier erfrieren. Der April stellte sich als sehr milde heraus, aber sollte auch nur ein kleiner Wintereinbruch kommen, würden sie in der Wohnung erfrieren. Und wenn nicht, so würden sie früher oder später verdursten. Oder Harald würde ausbrechen und sie beide umbringen. Die einzige Möglichkeit, die sich ihr bot, war, sich an eine offizielle Stelle zu wenden. Das leuchtete ihr jetzt ein und sie fragte sich, warum nicht schon früher. Sie würde Haralds Schub abwarten, ihn versorgen, zu essen geben und ab dann alles daran setzen, ihre Abreise vorzubereiten.

Nachdem es ruhig geworden war schloss Sara die Augen. Wie immer während seiner Anfälle war sie auch während diesem erfüllt von der Angst, beim Öffnen der Türe ihren Mann schwer oder gar tödlich verletzt vorzufinden. Er war auch diesmal nicht mehr als ein blutüberströmtes Wrack. Die Verbände waren rot verfärbt und hingen zerfetzt von seinen Gliedern. An der Stirn klaffte eine Platzwunde. Sie hatte anfangs versucht ihm einen Fahrradhelm aufzusetzen, sobald ein Schub anstand. Aber er hatte ihn bei erster Gelegenheit heruntergerissen und zerstampft. Harald sah aus wie ein Krankenhauspatient, der vor einen Lastwagen gerannt war. Er lag auf dem Bauch in der Mitte des Raums und atmete flach. Sein Körper würde diese Torturen nicht mehr lange mitmachen. Ohne die Fesseln an Händen und Füßen hätte er sich schon längst umgebracht. Da war sie sich sicher. Sie hatte vor dem Stromausfall gelesen, dass sich die Anfälle bei jedem Menschen unterschiedlich gestalteten. Manche griffen ausschließlich andere an. Manche verletzten nur sich selbst. Harald war einer jener, die beides taten. Sein Anblick bestärkte sie nur noch weiter, ihren Plan in die Tat umzusetzen. Man würde ihn in ein Bett schnallen und er würde sich nicht mehr selbst verletzen können. Es würde ihm besser gehen. Auch sein Verstand würde sich ohne die unzähligen Gehirnerschütterungen besser erholen. Sie würden sich wieder unterhalten können. Seine alte Persönlichkeit würde wieder zurückkehren. Ja, sie musste ihn so schnell wie möglich hier raus schaffen. Eilig stellte sie den kleinen Schminkkoffer ab, den sie entleert und anschließend vollgeräumt hatte mit den nötigsten Mitteln, und begann zuerst die Platzwunde abzutupfen. Sie erschrak, als er aufwachte. Normalerweise schloss sich an einen Schub eine mehrstündige Bewusstlosigkeit an. Er spuckte Blut und röchelte. Seine Augen waren matt, er schien sie nicht zu sehen. Nur zu spüren.

»Bitte«, sagte er. »Bitte Schatz, lass mich gehen. Lass mich liegen. Ich kann nicht mehr. Ich will nicht mehr«, hauchte er. Es war mehr, als er in den letzten vierundzwanzig Stunden von sich gegeben hatte.

»Nein. Nein, nein. Nicht doch. Es wird alles gut. Ich kümmere mich um dich. Es wird alles gut. ich verspreche es.« Sie redete ihm aufgeregt zu. Versuchte ihn zu beruhigen, während sie hektisch seine Blutungen zu stillen versuchte. Diesmal hatte er sich zumindest nichts gebrochen.

Er weinte kraftlos und murmelte Unverständliches, während sie seine Wunden versorgte und dabei, ohne sich danach zu erinnern, immer wiederholte: »Ich liebe dich doch. Mein Schatz. Ich liebe dich. Hörst du!« Sie betete es fast schon. Wie ein Mantra kamen diese Worte über ihre Lippen, indessen das Zittern wieder in ihre Finger fuhr und ihre Arbeit behinderte.

23

Daniel schloss die Wohnungstüre hinter sich, drehte den Schlüssel herum und brach mit einem tiefen, dumpfen Seufzen zusammen. Neben ihm standen zwei Flaschen Desinfektionsmittel, mit welchen er immer alles und sich selbst abgespritzt und trocken gerieben hatte, wenn er nach Hause kam. Aber dazu fehlte ihm die Kraft. Er spürte sein Bewusstsein schwinden, konnte aber nicht weiter auf sich aufmerksam machen. Er sah nur noch das matte Tageslicht, das bis hierher in den Flur reichte. Es schimmerte kühl durch die dicke, transparente Bauschuttfolie, die er bei seinem ersten Ausflug ins Freie aufgetrieben und mit Nägeln in die Decke geschlagen hatten um den Flur vom Rest der kleinen Wohnung zu trennen. Da lag er nun in seiner eigens eingerichteten, behelfsmäßigen Desinfektionsschleuse und beobachtete sich selbst dabei, wie seine Lichter ausgingen.

»Hallo!«, hörte er Biancas Stimme. Er konnte nicht antworten. Sie saß am Bett oder stand vor der Kochnische. Er versuchte Worte zu formen. Vergebens.

»Hast du es gekriegt?«, hörte er sie wieder.

Keine Antwort.

»Hast du wenigstens mein Kontaktlinsenmittel?... Weil wenn nicht, bin ich am Arsch. Mit Brille sehe ich echt blöd aus.« Sie scherzte. Er kämpfte mit der Ohnmacht und zog aus seiner Jackentasche, wofür er überhaupt erst losgefahren war. Wofür Bianca ihn losgeschickt hatte. Er hatte es nicht in den Rucksack gesteckt, sondern die ganze Zeit über in der Jackentasche behalten. Auf der weiß-violetten Packung stand Vikola. Es war ein Not-Verhütungsmittel. Die Pille-für-danach.

Wieder erhielt sie keine Antwort. Endlich sah sie nach. Sie tauchte vorsichtig durch die Folie und erschrak. Daniel lehnte zwischen Tür und Wand. Er sah leblos aus. Sie wollte nach ihm greifen, fuhr jedoch im letzten Moment zurück. Sie griff das Desinfektionsmittel, vergrub die Nase in der Armbeuge und spritzte ihn gründlich ab. Vor allem den Helm und seine Handschuhe. Sie hatten keine Ahnung, ob das wirklich etwas nutzte, aber bisher waren sie gesund geblieben. Dann rieb sie ihn mit bereitliegender Küchenrolle ab und stopfte sie in einen Müllsack neben dem Einbaukasten des Flurs. Sofort danach zog sie ihm den Motorradhelm vom Kopf und stieß einen erschrockenen, einatmenden Schrei aus. Sein Gesicht war blutverkrustet, er schielte sie an und blinzelte benommen.

»Gott. Oh Gott. Oh Nein. Oh nein, oh Gott, oh bitte nicht!«, flehte sie ihn an. »Nein!«, schrie sie laut.

24

Schließlich drückte sie auch die dritte Zigarette aus. Alles stand bereit. Sie würde den nächsten Schub abwarten, vielleicht noch den übernächsten und dann Harald in den Rollstuhl setzen, den sie gestern aufgetrieben hatte. Das Krankenhaus war stillgelegt. Kein Mensch war mehr darin. Vielleicht weil eine Massenpanik ausgebrochen, vielleicht weil es großflächig kontaminiert war. Es war ihr egal. Sie war zum Haupteingang gelaufen, hatte den erstbesten Rollstuhl, der dort bereitstand, geschnappt und hatte den Komplex wieder verlassen. Außer unzähligen Verpackungen von Bandagen und Spritzen, Blutflecken, umgestürzten Zelten und OP-Kitteln war hier nichts. Sie hätte nachschauen können, ob irgendwo noch ein Rumpfteam arbeitete. Aber sie tat es nicht. Sie wollte nur so schnell wie möglich von hier weg. Jetzt hatte sie zwei Sporttaschen gepackt, den Rollstuhl bereitgestellt und das Auto am Parkplatz kontrolliert. Es war aufgetankt und der Weg auf die Straße war mit Umwegen möglich. Sie hatte keine Ahnung, wie sie ihn über das Treppenhaus zwölf Stockwerke in die Tiefe bringen sollte. Aber es half nichts. Sie musste es versuchen. Harald war inzwischen derartig verfallen, dass er allein an seinen selbst zugefügten Verletzungen innerhalb der nächsten zweiundsiebzig Stunden sterben würde. Sie hatte ihn so gut versorgt, wie es ihr möglich war. Aber schließlich waren die Verbände ausgegangen und der stete Blutverlust hatte an ihm genagt wie die Krankheit selbst. Seine Brüche heilten zwar, aber es waren mittlerweile zu viele. Sein Körper war übersät mit Blutergüssen, die Hände großflächig aufgerissen und zerfetzt und so gut wie ohne Fingernägel und die Augen dunkelrot blutunterlaufen und gelblich. Möglicherweise hatte seine Leber Schaden genommen.

Jetzt stand sie auf, ging durch die kalte Wohnung und klopfte an. Das Gegenzeichen ließ sie öffnen und sie sah Harald in einem erstaunlich guten Zustand. Er war noch immer ein Wrack und kämpfte offensichtlich mit dem Tod. Aber er war bei Verstand. Seine Augen erkannten sie. Sie hatte ihm nichts von ihrem Plan gesagt. Er würde womöglich etwas dagegen einwende. Sich weigern. Es war besser, sie würde ihn damit überfallen.

»Na du?«, sagte sie und hockte sich zu ihm. Ein Lächeln huschte über sein Gesicht, als er ihr Gesicht von Nahem erkannte. Sie war so überrascht darüber, dass sie ihn bloß anschauen konnte. Er hatte seit Wochen nicht gelächelt. Seit er erkrankt war, hatte er nie gelächelt. In diesem Blick war Liebe. Er sagte: »Ich liebe dich.« Und sie spürte, wie es sie rührte. Da war ein Stückchen ihres Mannes. Bildete sie sich das ein? Er forderte sie mit Blicken auf, seine Hand an ihr Gesicht zu führen. Sie tat es und hielt sie gegen die eigene Wange. Sie schmiegte sich hinein. »Mein kleiner Vogel«, krächzte er. So hatte er sie zuletzt in der Zeit ihrer Verlobung genannt. Sie schluckte. War den Tränen nahe. Dann wurde er wieder müde. Seine Augen wurden schwer und er sank zurück. Er flüsterte:

»Tee.«

»Tee? Du willst Tee? Ich koche uns gleich welchen.« Sie stand auf und ging hinaus. »Klopf, wenn du was brauchst.«

Er klopfte sofort. Sie kehrte zurück.

»Kannst du mich... zur... Toilette bringen?«, fragte er. Sie nickte freundlich. Es war ein zehrender Kraftakt, ihn hochzuhieven. Halbwegs auf den Beinen konnte er auf sie gestützt losschlurfen. Heute schien es ihm leichter zu fallen als sonst. In weniger als einer Minute waren sie im Bad. Sie zog seine Hosen hinunter und setzte ihn ab.

»Ich mache uns Tee, ja?«, wiederholte sie.

»Klopf gegen die Wand, wenn du mich brauchst. Und... renn mir nicht davon ja?« Er verstand sie und wieder war da ein Anflug eines Grinsens. Sie lachte. Das hatte sie nicht erwartet. Sie huschte in die Küche und füllte Wasser für zwei Tassen in den Alubecher. Sie zündete die blaue Gaskartusche an und hielt den Becher darüber. Sie brauchte dringend ein Gestell dafür. Wenn man das Wasser erhitzen wollte, war man ohne Gitter darauf angewiesen, den Becher, die Pfanne oder den Topf dessen Inhalt man erhitzen wollte, die ganze Zeit über zu halten. Aber was spielte das noch für eine Rolle. In spätestens zwei Tagen hätte sie die Wohnung und damit diesen Gaskocher verlassen. Trotzdem war es ermüdend. Das Zeug wollte nicht anfangen zu kochen, so lang sie auch stand. Sie begann ein Lied zu summen. Rief einmal: »Bist du schon fertig?« Es kam keine Antwort. Das würde wohl Nein bedeuten. Sie summte »Ain't No Sunshine« von Bill Withers. Eine ihrer Lieblingsmelodien. Als das Wasser endlich aufgekocht war, es hatte sicher fünf Minuten gedauert, goss sie den Tee auf und sah nach Harald. Das Badezimmer war leer. Er musste es selbstständig zurück geschafft haben. Das war gut. Mit den Worten: »Du flotter Schlingel, du!« trat sie in das alte Kinderzimmer. Aber auch dieses war leer. Nur der alte

Collegeblock lag auf der Matratze. Sie sah sich um. Irrte in den Wohnraum. Zur Abstellkammer. Kontrollierte die Wohnungstüre. Sie war von innen versperrt. Der Blick ging zur Balkontüre. Sie war offen. Sara rannte hinaus, aber da war er nicht. Er war einfach nicht da. Und dann traf sie der Verdacht, nein die Gewissheit wie ein Schmiedehammer. Zögerlich, mit rasendem Herzschlag und unter heftigem Zittern griff sie nach dem Geländer, sah hinüber und erkannte den zerschlagenen Körper ihres Mannes auf dem Asphalt. Sie umfasste das Geländer fester und legte ein Bein darüber.

Kapitel 3

Vogelnester in einer löchrigen Leuchtreklame
Wir wärmen uns auf an einer brennenden Deutschlandfahne
-K.I.Z., HURRA DIE WELT GEHT UNTER

Sobald der Informatikstudent Simon Hafner aus München die ersten Berichte über die Infektion gesehen hatte, hatte er sich eingesperrt. Nach sechs Tagen war das trinkbare Wasser aufgebraucht. Jenes, das er in die Badewanne gelassen hatte, roch bereits bedenklich. Er hielt es noch zwei weitere Tage aus, bis er sich kurz vor dem Verdursten hinauswagte und sein Glück darin suchte, in unversperrten Nachbarwohnungen zu suchen. Er hatte Glück. Allerdings strich er sich auf dem Rückweg eine Strähne aus dem Gesicht. Mit einem gesunden Immunsystem und einem ordentlichen Wasserhaushalt hätte er die wenigen, übrig gebliebenen Mengen des Erregers wahrscheinlich weggesteckt, die er zuvor auf diversen Türschnallen und Küchenkästchen aufgeschnappt hatte. Waren sie doch schon vor Stunden, wenn nicht Tagen dort gelandet und an der freien Luft großteils abgestorben. So aber nicht. Der erste Schub erfasste ihn am nächsten Morgen.

Hanna Wiesenthal hatte es geschafft. Die Rentnerin aus Magdeburg hatte in beruhigendem Ausmaß Vorräte angeschafft, war ohne Ansteckung geblieben und besaß sogar ein Radio mit Kurbel, womit sie die nötigsten Informationen erfuhr. Sie würde die Sache aussitzen, da war sie sich sicher. Bevor ihre Lebensmittel aber aufgebraucht waren, erkrankte Hanna Wiesenthal an einer schweren Angina und starb an Herzversagen. Sie hatte keine passenden Medikamente besorgt.

Walter Kukutschki hatte sich mit den zwei Kindern in die steirische Wildnis geflüchtet, nachdem er seine kranke Frau Tanja im Einfamilienhaus eingesperrt hatte. Dort bleiben konnte er mit den Kindern nicht. Genauso wenig aber konnte er Tanja hinauswerfen. An einem Bach in tausendzweihundert Metern Seehöhe hatte er das Zelt aufgeschlagen und den Kindern Walter junior und Melanie erklärt, dass es sich um einen Abenteuerurlaub handelte. Sie glaubten ihm. Der Plan war gut. Hier würde sie niemand so schnell finden. An einem Samstagabend erkundete er die Umgebung und trat im Wald auf den rostigen Nagel eines zerfallenen Baumhauses. Mittwoch starb er an einer Blutvergiftung. Der kleine Walter und seine Schwester Melanie verhungerten in den Bergen.

Tag 40

The infrastructure will collapse
From voltage spikes

-Radiohead, House of Cards

25

Bianca saß auf dem Bett und schloss für einen Moment die Augen. Sie nahm die Brille ab, die sie mangels Linsenreinigungsmittel tragen musste. Draußen fegte ein patziger Schneeregen zur Erde. Die Rollläden waren offen, bis auf jenen, der klemmte. Aber alles was sie von dem Niederschlag mitbekam, war das stahlgraue Licht, das hereinfiel. Die Wohnung war keine Eckwohnung und einzig der Balkon bildete ein Fenster zur Außenwelt. Es drang kein Windheulen oder Regenklatschen zu ihr herein. Sie hatte ihre Arbeit kurz ruhen lassen und die Hände in den Schoß gelegt. Die Finger schmerzten nach dem Abschaben der Späne von dem Stuhlbein, das sie gerade bearbeitete. Sie musste Anzündholz produzieren. An sich hätte sie diese Arbeit schnell gelangweilt, aber jetzt, wo im Grunde ihr Leben davon abhing, machte sie es mit einem Eifer, den sie sich selbst nie zugetraut hatte. Vielleicht zu eifrig, denn ihre zarten Hände waren das Arbeiten nicht gewöhnt. Immer wenn sie irgendwelche endzeitlichen Filme oder Serien gesehen hatte, musste sie daran denken, womit die Leute wohl ihre ganze Zeit vertrieben. Jetzt hatte sie ihre Antwort. Sie vertrieben ihre Zeit mit Überleben. Feuerholz zu produzieren, Wasserbeschaffung, Kleidungsreparatur, Lebensmittelversorgung und die Absicherung der Wohnung nahmen jeden Tag Stunden ein. Mittlerweile war ihr klar, warum die Menschen vor dem Zeitalter der Industrialisierung Freizeit und Arbeit nicht getrennt hatten. Das lag daran, dass es schlicht keine Freizeit gab, dachte sie. Allein das Reinigen dieses improvisierten Ofens nahm jeden Tag fast eine Stunde ein. Sie hatten ihn aus einem alten Tresor gebaut, den Daniel um die Ecke mitten auf der Straße liegend und aufgebrochen entdeckt hatte. Er hatte dieses mindestens sechzig Kilo schwere Teil innerhalb von dreißig Minuten bis in den elften Stock herauf getragen. Mit der Öffnung nach oben (Türe hatte er keine mehr) stand er neben dem Balkonfenster bereit eingeheizt zu werden. Wahrscheinlich wären sie ohne Ofen bisher nicht erfroren, aber es wäre ohne ihn kaum auszuhalten gewesen. Sie öffnete die Augen, zog den Reißverschluss ihrer Jacke noch etwas höher, bis unters Kinn, schob die Mütze, die ihr immer wieder über die Augen rutschte, hoch und schabte noch ein paar Späne von dem Stuhlbein. Dann legte sie einen halben, weißen Anzündblock auf das, was die Rückwand des Tresors gewesen war, knüllte Zeitungspapier zusammen und ließ es hineinfallen. Darüber kamen die Späne. Schließlich stand sie auf, öffnete die Balkontüre (denn gleich würde es mächtig rauchen) und steckte ihr Werk mit zwei Zündhölzern an. Erst qualmten schwarze, stinkende Wolken heraus, ehe kleine, orange Flammen hochleckten. Jetzt musste Brennmaterial dazu. Die bereitliegenden, aufgespaltenen Holzteile, die irgendwann einmal das Wohnzimmerregal eines Nachbarn gewesen waren, brannten schnell an und fingen Feuer. Sie legte größere Teile nach und wartet noch ein wenig, bis sie noch mehr Holz dazulegte. Sie waren draufgekommen, dass Möbelteile aus unbehandeltem oder zumindest unlackiertem Holz am besten für das Feuer funktionierten. Beschichtete Küchenteile waren dafür die Hölle. Eigentlich logisch. Sie betrachtete ihre Arbeit, nickte zufrieden und widmete sich dem schwierigsten Teil. Sie hatten einen Deckel aus der Notfallfolie eines Erste-Hilfe-Kastens gebastelt. Dazwischen ragte der Abluftschlauch heraus, den Daniel aus seinem Dunstabzug herausgeschraubt hatte. Er führte zu dem gekippten Fenster, dessen Rollladen funktionierte und quetschte sich am oberen Spalt hinaus. Den restlichen Freiraum zwischen dem offenen Fenster und dem Rahmen hatten sie mit Handtüchern und Plastik abgedichtet. Nachdem der filigrane Deckel, der als Basis nicht mehr als ein einfaches Drahtgerüst hatte, aufgesetzt war, flutete dunkler Rauch nicht mehr das Zimmer, sondern den Balkon. Sie schloss schnell die Türe und dichtete den Deckel an den Seiten mit Gartendraht ab. Es funktionierte fast problemlos. Ihr Herz machte Freudensprünge. Ansonsten brauchte es immer mehrere Versuche, oft wurde die ganze Wohnung von Rauch geflutet und einmal hatten sie schon beinahe die ganze Bude abgefackelt. Zufrieden rieb sie ihre steifen, kalten Hände und hielt sie darüber. Es war noch keine Wärme zu spüren, aber es reichte, sie sich vorzustellen. Sie war ja schon da. Es würde nur ein wenig dauern, bis sie herauskam.

»Oh, wie schön«, sagte sie und kam sich dabei dümmlich vor. Aber nein. Es war schön. Sie durfte sich freuen. Es war gut und es war wichtig. Im alten Leben hatten die meisten Menschen ihrer Sprachsteuerung nur zwei Worte sagen oder kurz an ein Kommando in das Thermostat eintippen müssen und die Temperatur in der Wohnung ging nach oben. Jetzt musste man für ein bisschen Wärme stundenlang hart arbeiten und noch dazu Glück haben. Welch Wonne ein wenig Wärme im ausgehenden Winter darstellte, war ihr ihr Leben lang nicht bewusst gewesen. Sie freute sich über jedes Zehntelgrad, um das die Temperatur hier drinnen stieg. Sie grinste, als die Tür zum Badezimmer aufging und Daniel mit einer dicken Kerze in der Hand heraustrat. Er hatte sich gewaschen und war nur mit einem Badetuch um die Lenden bekleidet.

»He, ich habe knapp eine dreiviertel Flasche gebraucht!« Sagte er unter den typisch steifen Bewegungen, die kalte Luft auf feuchter, ausgekühlter Haut auslösten. Ein Scherz lag auf seinen Zungen, das erkannte sie genau. »Aber das heißt nicht, dass ich nicht noch schmutzig bin. Wenn du verstehst, was ich meine.« Sie kicherte und er grinste. Es ging ihm endlich wieder besser. Nach sechs Tagen hatten sich die gröbsten Symptome endlich verzogen. Zweifelsohne wirkte die Gehirnerschütterung noch nach, bei abrupten Bewegungen schoss ihm ein stechender Schmerz in den Schädel. Und der Brustkorb brannte, sobald er sich zu tief hinunter beugte. Im Grunde konnte er sich, ohne dass es weh tat, nicht bewegen. Aber es ging ihm besser. Seine Organe waren in Ordnung und er würde es wegstecken. Als er näher trat, wurde der Blick frei auf die gewaltigen Blutergüsse, die seinen Oberkörper zeichneten. Über den Rippen und oberhalb des linken Ellbogens war die Haut dunkelviolett und grün-gelb umrandet. Es sah aus wie der geschundene Leib eines verunfallten Motorradfahrers. Die länglichen Striemen, die die Eisenstange gezogen hatten, leuchteten rötlich im Kerzenschein. Er zog rasch den Bademantel an, den er auf den Knauf des Einbaukastens im Flur gehängt hatte, und kam auf sie zu, stieg mit den Händen voraus über das Bett und küsste sie kurz. Sie küsste zurück und bemerkte, dass er nach mehr verlangte.

»Ich weiß nicht, ob ich schon wieder für amouröse Ausflüge bereit bin«, sagte sie und schob ihn zurück. Sie hatten nicht mehr miteinander geschlafen, seit sie die Notfallpille geschluckt hatte. Und davor waren es nur drei Mal gewesen. Sie wollte es, aber sie fühlte sich noch immer nicht gut, nach der Zwischenblutung, die das Medikament herbeigeführt hatte. Er ließ abrupt von ihr ab und sank wieder in seine alte Rolle. Er wurde zurückhaltend, setzte sich neben sie aufs Bett und sah in das Zimmer.

»Das Feuer scheint gut zu sein. Es stinkt fast gar nicht«, sagte er dann, um vom Thema abzulenken.

»Ich will es doch auch«, warf sie ein. »Aber es geht halt noch nicht.«

»Du hast ja recht. Es ist zu gefährlich.«

»Gefährlich ist da gar nichts, du hast nur das Kondom falsch verwendet.« Peinliche Röte stieg in ihm auf und es begann ihr leid zu tun, was sie gesagt hatte. Nachdem sie draufgekommen waren, dass es geplatzt war, hatte sich im Gespräch ergeben, dass er nicht gewusst hatte, dass man das kleine Reservoir am oberen Ende beim Überrollen hätte zusammendrücken müssen. Seine Unerfahrenheit war ihm furchtbar peinlich und sie wusste das. Sie biss sich auf die Lippen und rückte näher, umarmte ihn und legte den Kopf auf seine Schulter.

»Vergiss es«, sagte sie und umgriff seine Hüften. Er zischte und zuckte zusammen. Sie hatte eine seiner Wunden berührt.

»Entschuldige!« Er winkte ab und nahm sie in den Arm. Gänsehaut war ihm mittlerweile über den Rücken gestiegen. Es war noch immer eisig kalt. Also griff er nach hinten, und schlug eine Decke über sie beide.

»Ist eh besser. Wahrscheinlich würde ich es mit meinen ganzen Prellungen ohnehin nicht aushalten.«

Einige Zeit sagten sie nichts, sondern hörten nur dem Feuer zu, wie es im Inneren des Tresors knisterte und knackte. Sie wussten beide, dass das Ding noch höchstens ein Dutzend Mal beheizt werden konnte, ehe die dünnen Wände völlig oxidiert sein würden. Aber sie hatten bereits Pläne dafür. In einem Baumarkt einige Kilometer entfernt hatte Daniel, zwei Tage bevor er zusammengeschlagen worden war, einen mit Holz beheizbaren Zehn-Kilowatt-Ofen gefunden und ihn unter einer Kasse versteckt. Sie mussten ihn nur abholen. Überhaupt hatten sie mittlerweile eine gewisse Routine entwickelt. Das Leben war nicht leicht und täglich standen sie am Rand der Verzweiflung. Aber es blieb ihnen nichts anderes übrig als weiterzumachen. Anfangs hatten sie überlegt, in Biancas Wohnung zurückzukehren: Sie war wesentlich größer und lag nicht so hoch. Das hieß auch einen kürzeren Fluchtweg. Aber in den ersten Tagen hatte Bianca nicht auf die Straße hinaus wollen und nachdem man begonnen hatte sich einzurichten, hatten sie es verschoben. Das Thema war keineswegs aus der Welt. Sie dachten laut darüber nach. Allerdings noch nicht allzu lange. Überhaupt waren bis zu dem Zeitpunkt, als Daniels Mutter angerufen hatte, Vorbereitungen und Pläne nicht wirklich sinnvoll gewesen. Sie beide hatten nicht vorgehabt zu bleiben oder in ihre Wohnung zurückzukehren. Außerdem hatten die Nachrichten den Eindruck vermittelt, als würde der Staat die Situation in den Griff bekommen.

Aber man hatte die Sache unterschätzt. Der Schneeballeffekt, den das Virus ausgelöst hatte, war gewaltig. Alle Lebensbereiche waren allein durch die Tatsache massiv betroffen, dass Menschen den Weg zum Arbeitsplatz nicht mehr schafften oder aus Angst vor Infektion daheimblieben. Dabei war anfangs weniger die tatsächliche Zahl der Erkrankten das Problem, sondern vielmehr die Zahl jener, die aus Panik vor einer Infektion die eigenen vier Wände nicht mehr verließen. Daniel und Bianca gehörten zu Letzteren. Wenngleich ihre Rolle in der Gesellschaft keine wichtige war. Sie gingen keinem systemerhaltenden Beruf nach. Aber wie sah es aus mit Medizinern? Mit Polizisten und Feuerwehrleuten? Was bedeutete es, wenn die Arbeitsplätze von Ingenieuren in den Kraftwerken leer blieben, wenn die Müllentsorgung liegen blieb? Wenn die Kläranlagen zunehmend unbemannt waren? Ganz zu schweigen von der Lebensmittelindustrie. Man lebte in einer hoch technisierten Welt, aber ohne den Menschen lief trotzdem nichts länger als zwei, drei Tage. Natürlich waren die Betriebe und Produktionshallen nicht von einem Tag auf den anderen kollabiert. Aber irgendwann, zwei bis drei Wochen nach Ausbruch der Pandemie war der kritische Punkt erreicht und die Situation war gekippt. Begonnen hatte es wohl im Energiesektor. Der Strom war immer wieder ausgeblieben. Der Dominoeffekt auf alle anderen Lebensbereiche lehrte alles bisher dagewesene Demut. Die Katastrophe rollte über die Menschen Europas und es gab nichts, was man als Gesellschaft dagegen tun konnte. Nur als Individuum und in Kleingruppen konnte man versuchen, sich durchzuschlagen.

»Was genau haben wir eigentlich als Nächstes vor?«, sagte sie und griff nach dem Block, den Daniel erstmals aufgeschlagen hatte, nachdem sie in seine Wohnung gekommen waren. Das war jetzt eine Ewigkeit her. Es fühlte sich bereits an wie ein ganz anderes Leben. Mittlerweile waren Dutzende Seiten vollgekritzelt. Listen niedergeschrieben und die Punkte einzeln wieder durchgestrichen oder abgehakt. Sie blätterte ein wenig und las nach.

»Das kann ich dir sagen«, kam er ihr zuvor. »Als Erstes suchen wir uns irgendwelche Waffen.« Sie sah ihn von der Seite an.

»Keine Messer oder sowas. Sondern echte, richtige Waffen.«

»Und was willst du damit, Scherzkeks?«

»Jedes Arschloch abknallen, das mich noch einmal mit einer Stahlrute verdreschen will.« Kurz sagte sie nichts. Dann: »Und wo willst du die herkriegen? Ich meine, wir sind nicht gerade bekannt als das Land der leicht zugänglichen Schusswaffen.«

»Ich weiß es nicht... Aber noch einmal passiert mir sowas nicht.«

Tag 41

Du vergisst, woran du dich erinnern willst und du erinnerst dich an das, was du vergessen willst.

-CORMAC MCCARTHY, DIE STRAßE

26

Bianca erwachte von den Schreien, die von der Straße heraufhallten. Das war nicht das erste Mal dass ein grässliches Brüllen sie aus dem Schlaf riss. Sie erkannte Daniel im Mondlicht, der gerade die Balkontür öffnete und hinaustrat. Sie schlängelte sich zwischen ihren letzten zwei Sechserträgern Wasserflaschen hindurch und trat dazu. Unten konnte man eine Gestalt sehen, die über den Asphalt sprintete. Dann erschien eine zweite Person, die hinterherrannte und wild mit den Armen fuchtelte. Sie war es, die aus volle Kehle wütend brüllte. Der Verfolgte bog auf ihren Parkplatz ein und eilte zwischen den Fahrzeugen hindurch. Er rutschte auf dem noch vom Schneeregen nassen Untergrund aus, stolperte und überschlug sich fast, kam aber wieder auf, ehe der Verfolger ihn erreichen konnte. Er riss an einer Autotüre. Aber sie öffnete nicht. Er rannte zum nächsten Fahrzeug. Auch dieses war verschlossen. Bei einem dritten, der Verfolger hatte ihn schon fast eingeholt, ließ sich die Türe öffnen. Er sprang hinein und warf sie hinter sich zu, nur Sekunden bevor der kreischende Verfolger dagegenprallte. Damit nicht genug, schlug dieser jetzt auf das Fahrzeug ein. Schnell ertönte ein fernes Knacken, dann ein Brechen. Die Scheibe gab nach. Die Beifahrertüre wurde zwar noch aufgestoßen im Versuch zu fliehen, aber da war der Verfolger bereits durch die Scherben in den Innenraum des Autos gebrochen. Ein grässliches Schreien hob jetzt an, das nicht mehr vom Verfolger stammte. Es war aber mindestens genauso unmenschlich wie die Laute desselben. Es war der Ausdruck von Panik und Schmerz, der da herauf hallte. Daniel zog Bianca mit sich in die Wohnung. Dabei sagte er mehr zu sich selbst als zu ihr: »Ich sage doch. Wir brauchen Waffen.« Sie drehte ihn herum und verpasste ihm eine Ohrfeige. Er erstarrte und sah sie an. Ihre Blicke zischten Verachtung. »Schäm dich was! Da ist gerade jemand gestorben!« Er antwortete nicht, sondern zündete eine Kerze an und suchte nach etwas.

Solche Szenen hatten sie in den vergangenen Wochen öfter zu beobachten. Einmal hatte Bianca allein mit ansehen müssen, wie jemand bei helllichtem Tage mit bloßen Fäusten so lange gegen eine Litfaßsäule schlug, bis beide Arme gebrochen waren und er davonlief. Ein anderes Mal, an dem Tag, an dem Daniel halb ohnmächtig von der Apotheke nach Hause gekommen war, hatte sich jemand vom Balkon gestürzt. Sie hatte Stunden später beobachtet, wie ein Mensch daneben kniete. Sie wusste nicht, ob es ein Erkrankter war, der den Leichnam fraß oder ein Angehöriger, der trauerte. Am nächsten Tag waren jedoch nur noch ein breiter Blutfleck und eine Schleifspur am Asphalt zu erkennen. Während sie jetzt eine Packung Leibnitz-Butterkekse öffnete und sich aufgewühlt in das Bett setzte, kritzelte Daniel in ein kleines Notizbuch. Er schrieb auf, was sie erlebten. Wenn sie ihn darauf ansprach sagte er, er wisse selbst nicht genau warum. Vielleicht war es ein Versuch, irgendwie mit allem zurechtzukommen.

Bianca legte sich auf die Seite und knabberte apathisch an den Keksen. Dabei starrte sie in das Nichts und stellte sich die Türe im Erdgeschoss vor. Das dunkle Treppenhaus. Den langen, düsteren Flur. Ihre Haustüre. Und sie wünschte sich einen Stahlriegel davor. Ein Eisengitter. Panzerglas. Sie knabberte an den Keksen. Spürte, wie die Härchen an ihren Unterarmen senkrecht in die Luft standen. Sie schlief nicht wieder ein.

27

Srrrsrrrsrr. Srrrsrrrsrr. Srrrsrrrsrr. Pause. Daniel schob das Handradio über den Esstisch. Bianca sollte weitermachen. Er hatte es zehn Minuten lang gekurbelt, bis seine Gelenke schmerzten. Jetzt war sie dran. Er hatte es bereits vor dem endgültigen Stromausfall erstanden. Tatsächlich hatte er in einem Laden für Campingausrüstung sogar noch dafür bezahlt. Er hatte alles Geld, das er bei sich gehabt hatte, dafür ausgegeben. Aber die Investition war es wert gewesen. Denn kurz danach bekam man für normale Geldsummen ohnehin nichts mehr außer einen feuchten Händedruck.

Sie sah ihn an, sah auf das Radio, wollte beginnen und brach plötzlich in Tränen aus. Daniel kannte diese abrupten Anfälle. Beide erfassten sie die Tragik ihrer Situation immer wieder. Meist waren es irgendwelche banalen Dinge des Alltags. Ein Wort, eine Handbewegung. Der Anblick eines Buches oder Regentropfen. Diese einfachen Sachen erinnerten einen an Situationen und Personen aus dem alten Leben. Sie versuchten so oft wie möglich darüber zu reden, aber es war nicht zu verkraften. Beide hatten sie ihre gesamte Familie und alle Freunde, alle Bekannte, ja jeden Menschen aus ihrem Leben verloren. Im Grunde von einem Tag auf den anderen. Sie mussten davon ausgehen, dass alle tot waren. Natürlich, Hoffnung hatte man, wenn man es nicht besser wusste, immer noch. Aber es war jedenfalls Gewissheit, dass Daniels Eltern und Großmutter längst gestorben waren. Es war fast sicher, dass Biancas Vater tot war. Ihre Mutter und ihr kleiner Bruder waren hunderte Kilometer entfernt und wahrscheinlich auch schon der Krankheit erlegen. Daniel wusste nichts von seinen Tanten, Onkeln und Cousins. Aber alle hätten sicher nicht überlebt. Und wenn, dann wusste er nicht, ob er sie jemals wiedersehen würde. Beide würden nie wieder ihre Studienkollegen sehen. Sie würden nie wieder einen Kaffee bei Starbucks holen und sich in eine Vorlesung setzen. Nie wieder das Kino besuchen. Nie mehr wieder an einem Nachmittag bei McDonalds reinschneien oder eine Nacht lang mit Freunden durchsaufen. Einfach mal gemeinsam auf ein Konzert gehen. Sie würden nie wieder Rollenspielabende erleben und keine Videospiele mehr spielen. Sie würden nie mehr mit alten Schulkollegen auf ein Bier gehen oder mit ihren Familien unter dem Weihnachtsbaum Lieder singen. Kurz, sie würden nie wieder zurückbekommen, was sie gehabt hatten. Nie wieder das tun, was ihr Dasein ausgemacht hatte. Sie würden nie wieder leben.

Er griff nach ihrer Hand und umschloss sie. Sie legte ihre Stirn darauf und weinte leise.

Zwanzig Minuten später kratzte die Stimme eines Moderators aus dem kleinen Plastiklautsprecher:

»...steht die Welt und vor allem Europa vor der größten Herausforderung in der Geschichte der Menschheit. Es liegt an jedem Einzelnen, ob und wie wir diese meistern. Wir wünschen Ihnen alles Gute.« Stille.

»Na toll«, sagte Daniel.

»Nein, das ist gut. Das heißt, dass die Aufnahme gleich wieder von vorne anfängt!« Sie lauschten. Ein Pfeifton erklang. Dann eine kurze Eröffnungsmusik. Der Moderator begrüßte das Publikum und erklärte, dass es sich um eine Aufnahme handle. Das Datum war jenes des vorgestrigen Tages, wenn Daniel mit seinen Aufzeichnungen richtiglag. Aber er war sich nicht sicher.

»Es ist nun fast sieben Wochen her, dass die ersten Patienten mit Symptomen eines neuartigen Virus in mitteleuropäischen Krankenhäusern aufgetaucht sind. Es gibt mittlerweile viele Bezeichnungen dafür. Wir in der Redaktion haben beschlossen, es als WUT zu bezeichnen, wie in einschlägigen Medien diskutiert. Wenn Sie diese Aufzeichnung hören, sitzen Sie mit hoher Wahrscheinlichkeit vor einem batteriebetriebenen Radiogerät. Die Stromversorgung ist bisher nicht nur hierzulande, sondern in weiten Teilen Europas nicht oder nur kleinflächig wiederhergestellt worden. Dennoch wird nach Angaben der Regierung weiterhin daran gearbeitet. Dies führt uns zum nächsten Punkt. Die Regierung ist zwar personell massiv eingeschränkt, geht ihren Aufgaben aber nach wie vor nach. Natürlich nicht im Parlament, sondern an einem geheimen Ort. Ob das in anderen Ländern auch der Fall ist, können wir nicht bestätigen. Die EU... «

»Ja genau. Regierung am Arsch. Da lebt kein Sack mehr!«, platzte es aus Daniel heraus.

»Pssst, sei ruhig, ich höre nichts«, schnauzte Bianca zurück.

»Sei selber ruhig, verdammt«, schimpfte er laut. Er war so aufgeregt, dass er nicht an sich halten konnte.

»Mann, hältst du bitte mal die Klappe. Schluss mit dem Kindergarten jetzt!«, schrie Bianca. Sie hatte recht. Er benahm sich kindisch. Aber die Nachrichten machten ihn nervös. Er nahm sich zusammen, weiter zuzuhören.

»...ist die Seuchengefahr mittlerweile immens. Der Abtransport der Leichname in den Krankenhäusern hat zuletzt nur noch sehr mangelhaft funktioniert, weswegen landesweit Hospitäler schließen mussten. Außerdem war der Ansturm in den ersten Wochen derart groß, dass es zu einer Überlastung gekommen ist. Als Reaktion darauf wurden Sammlungs- und Versorgungszentren eingerichtet, die auf großen Plätzen oder außerhalb der Städte gelegen haben. Eben aufgrund der Seuchengefahr wurden die innenstädtischen geschlossen. Auch andere mussten aufgegeben werden, nachdem die Kapazitäten nicht mehr gegeben waren und Teile des Personals wegbrachen. Die Versorgung mit Notfallpaketen kann nur noch in den wenigsten Großstädten gewährleistet werden. Aus diesen Gründen wird den Einwohnern der Städte dringend geraten, sich so lange wie möglich in den eigenen vier Wänden aufzuhalten. Wenn dies nicht mehr möglich ist, rät das Innenministerium dazu, die Städte zu verlassen und einen Sammelpunkt aufzusuchen. Die Liste der größten Sammelpunkte lautet wie folgt:... «

Es folgte eine Auflistung von dreißig oder vierzig Sammelzentren. Sie zählten mit und notierten sich jene, von denen sie glaubten, dass sie in ihrer Umgebung lagen.

Daniel sah Bianca an. »Vorige Woche waren es noch über dreihundert Lager gewesen.«

»Das bedeutet...« Sie beendete ihren Satz nicht.

»Das bedeutet, dass es weniger werden. Das bedeutet, dass der letzte Rest an Struktur zusammenbricht...«

»Ich weiß.« Ihre Stimme war leise und schwach. Daniel machte das Radio aus. »Ich muss nichts mehr hören. Ich habe genug.«

»Spinnst du?«

»Es hilft ja nichts. Es wird ohnehin nur gelogen. Da wird heile Welt vorgespielt, aber nutzen tut das gar nichts.«

»Das stimmt ja überhaupt nicht! Jede Information ist wertvoll! Das hast du selbst gesagt. Gib schon her.«

Er schleuderte ihr das Radio verbittert entgegen und stapfte auf den Balkon. Sie hatte recht, das hatte er selbst gesagt und aus gutem Grund. Aber der Verdruss war eben in ihm übergekocht und es gab nichts, was dagegen half. Drinnen hörte Bianca die Sendung zu Ende.

»Den Anweisungen des Militärs ist unbedingt Folge zu leisten. Es gelten nach wie vor alle Grundgesetze. Plünderung und Diebstahl werden streng geahndet.« Bei dem letzten Satz meinte Bianca zu hören, wie sich der Moderator einen zynischen Unterton nicht verkneifen konnte.

»Da unser Team mittlerweile nur noch aus einer Kernmannschaft besteht, der Treibstoff unserer Notgeneratoren immer knapper wird und wir keine Aussicht haben weiterhin Nachschub zu erhalten, können wir keine ausführlicheren Nachrichten liefern. Die nächsten Sendungen werden um achtzehn Uhr, um einundzwanzig Uhr und dann wieder um sechs Uhr des nächsten Tages gesendet. Bis dahin danken wir für die Aufmerksamkeit und wünschen Ihnen viel Glück. Wir schließen mit einem O-Ton des Kanzlers...« Kurz darauf die gemessenen Sätze des faktischen Staatsoberhauptes, die sie schon gehört hatten. Ob es sich um eine aktuelle Aufnahme handelte, war unmöglich herauszufinden. Sie hätte genauso gut zwanzig Tage alt sein können. »Es steht die Welt und vor allem Europa vor der größten Herausforderung in der Geschichte der Menschheit. Es liegt an jedem Einzelnen, ob und wie wir diese meistern. Wir wünschen Ihnen alles Gute.«

Tag 43

Everybody knows, but apparently
Nobody can do anything against it
-BIRTH CONTROL, GAMMA RAY

28

Mit einem Seufzen tippte sie auf den Deckel der Wasserflasche, die neben den anderen zwischen Bett und Balkontüre stand. Sie hatten noch vier Flaschen. Nachdem der Strom endgültig weggeblieben war und damit auch das Leitungswasser, hatten sie das Wasser aus der Badewanne zwei Tage getrunken und es dann nur noch als Abwaschwasser gebraucht. Es war zu gefährlich, sich etwas einzufangen. Daniel hatte regelmäßig Wasserflaschen in Sechserträgern von seinen Touren mitgebracht. Seit dem Überfall vor der Apotheke hatte er die Wohnung jedoch nicht mehr verlassen. Bianca war statt ihm zwei Mal draußen gewesen, aber nur mit Soft-Drinks, ein paar Konserven und Süßigkeiten zurückgekommen. Etwas anderes war in der näheren Umgebung nicht mehr zu finden und sie hatte versprechen müssen, nicht zu weit zu gehen.

Daniel saß auf dem schmalen Stück Arbeitsfläche zwischen dem unbrauchbar gewordenen Herd und der Spüle und schrieb irgendetwas in sein Notizbuch. Neben seinem Kopf hingen die Kabel des um seinen Abluftschlauch erleichterten Dunstabzuges wie bunte Spaghetti herunter. Das Chaos in seiner Wohnung hatte ihn in den ersten Tagen fast wahnsinnig gemacht. Sein kleiner Reinlichkeitstick war nicht mehr zu befriedigen, seit sie beginnen hatten müssen, ihr Überleben zu sichern. Es war zwecklos das vollgestopfte Zimmer auch nur annähernd sauber zu halten. Das machte ihn zusätzlich zu all den Ängsten und Gefahren, welchen sie permanent ausgesetzt waren, unruhig. Nach einiger Zeit hatte er herausgefunden, dass das Schreiben noch am besten dagegen half.

Sie hatten nach dem Aufstehen ein paar pikante Kekse - Cracker - mit Marmelade und dazu Verdünnungssaft gefrühstückt und dazu Kaffee aus der Dose getrunken. Jetzt spürte Bianca, wie sich ihre Verdauung meldete. Aber sie wollte es zurückhalten. Es machte keinen Sinn, aber sie wollte so viel Zeit wie möglich gewinnen, ehe sie sich wieder über den Eimer im Badezimmer hocken musste, um ihr Geschäft zu verrichten. Sie konnten kein Wasser verschwenden, um ihn jedes Mal gründlich zu reinigen. Nach der Erledigung würde sie ihn hinaus- und in die Wohnung gegenüber tragen müssen. Dabei würde der Gestank durch die Luft ziehen und auch Daniels Nase erreichen. Und das war ihr nach wie vor furchtbar peinlich. In diese Nachbarswohnung war Daniel bald nach dem Stromausfall eingebrochen, nachdem sich niemand gemeldet hatte und ihnen die Vorräte ausgegangen waren. Überhaupt war es in dem Haus gespenstisch ausgestorben. Die meisten Menschen, die hier lebten, waren Krankenhausbedienstete und nach Ausbruch der Katastrophe entweder nie mehr in ihre Wohnungen zurückgekehrt, hatten sich selbst und ihre

Familien aus der Stadt geschafft oder waren bald an der Krankheit gestorben. Und wenn jemand da war, so nahmen sie es kaum wahr. Anfangs hatte man noch hier und da Menschen gehört. Stimmen. Streitigkeiten. Dann nur noch jene gewaltvolle Laute, die sie schwer erkrankten Menschen zuschrieben, welche nicht nach Stadium zwei der Krankheit gestorben, sondern die in die dritte Phase mit ihren Schüben und Anfällen eingetreten waren. Ihr Nachbar von oben musste solch einer gewesen sein. Es waren schreckliche Stunden, in denen sie das Poltern und Rumpeln und Brüllen durchstehen mussten. Sie vermutete, dass er es war, der sich am Tag von Daniels letzter Rückkehr in die Tiefe gestürzt hatte. Denn danach war der regelmäßige Lärm plötzlich abgerissen und nicht mehr wiedergekommen.

Eine halbe Stunde später hatte sie es nicht mehr ausgehalten. Als sie mit dem Kübel in der Hand die Wohnungstür des Nachbarn öffnete, schlug ihr sofort ein mörderischer, ja bestialischer Geruch entgegen. Sie presste mit Zeigefinger und Daumen die Nasenflügel zusammen und eilte in das Badezimmer, wo sie den Eimer vorsichtig (bloß keine Spritzer) in die Badewanne entleerte, die mittlerweile fast zur Hälfte gefüllt war mit Fäkalien und Abwasser. Sie hatten diskutiert, das Zeug einfach aus irgendeinem Fenster zu kippen, aber diese Sauerei wollten sie dann doch nicht mitmachen.

»Ich meine, im Mittelalter ist das gang und gäbe gewesen«, hatte Daniel gesagt. Bianca hatte gekontert: »Im Mittelalter schütteten sie die Scheiße aber nicht aus dem elften Stock, sodass sie sich über mehrere Straßen verteilen konnte, wenn der Wind günstig stand.« Damit war die Diskussion erledigt gewesen. Sie war auch hinfällig, denn über kurz oder lang würden sie wahrscheinlich von hier weggehen müssen. Sich einen besseren Ort suchen. Nicht weit weg, aber dafür im Erdgeschoss gelegen. Ein Haus vielleicht. Mit Keller und Dachboden. Sie hatten bereit Stunden darüber geredet, denn in zahlreichen Punkten wurden sie sich nicht einig. Klar war allerdings beiden, dass sie etwas brauchten, das über einen großen Garten verfügte. Für eine Sickergrube. Vor der Katastrophe hatte sie nie darüber nachgedacht, dass Ausscheidungen nicht einfach durch die Leitungen rutschte, sondern dass es einer gewissen Sogwirkung und vor allem Unmassen an Wasser bedarf, um es hinunterzuspülen. Überhaupt war ihr tatsächlich erst in den vergangenen Wochen bewusst geworden, welchen Luxus ein WC darstellte. Sie hatte bis zu der Katastrophe nicht ein einziges Mal in ihrem Leben bedacht, dass diese zwei Buchstaben für »watercloset«, also Toilette mit Wasserspülung, standen, geschweige denn, welch ein Komfort eine solche eigentlich war.

Sie spülte den Eimer notdürftig mit dem Wasser einer neben der Wanne bereitstehenden Flasche ab und kehrte zurück. Als sie in den kleinen Wohnraum trat, nachdem sie den Eimer wieder verstaut hatte, hielt sie inne. Sie lauschte. Da war etwas. Daniel saß noch immer auf der Küchenzeile und schrieb. Er schien es nicht mitzubekommen.

»Sag mal, hörst du das nicht?«, fragte sie. Er schaute verdattert auf.

»Hä?«

»Na das da. Hörst du das nicht?« Er spitzte die Ohren. Seine Stirn legte sich in Falten. Irgendetwas tönte zu ihnen herein. Es hörte sich an wie...

»Hupen! Das ist eine Hupe«, rief Daniel.

»Ach so...«, Bianca wollte sich einen Schluck Wasser nehmen, bevor sie nachsah. Die Tatsache, dass da draußen irgendjemand hupte, war interessant, aber sie überschlug sich nicht vor Neugier. Obwohl, irgendetwas war eigenartig an diesem Hupen. Daniel hingegen stürmte auf den Balkon. Als er die Tür aufriss, hörte sie das Hupkonzert deutlicher. Es war eine Melodie. Sie konnte sie nicht richtig zuordnen, bis...

»Ist das Star Wars?« Daniel nickte. Es war die Titelmelodie der Star-Wars-Filme. Noch ehe Bianca eine Antwort darauf fand, warum da irgendjemand so vertrottelt war Filmsoundtracks nachzuhupen und dabei die Aufmerksamkeit sämtlicher möglicher Gefahren in dem Viertel auf sich zog, wechselte die Melodie. Jetzt erkannte sie es eindeutig. Aber sie wusste nicht, wie der Titel hieß. Daniel strahlte sie an und schaute wieder hinunter. Noch nie hatte sie ihn derart freudig gesehen. Sie verstand die Welt nicht mehr.

»Was ist denn los?«

»Das ist Darth Vaders Todesmarsch. Das ist... Verstehst du nicht. Das ist...« Er brachte es nicht heraus. Dann brach der Lärm plötzlich ab. Unten öffnete sich die Tür eines Minivans (hatte der schon davor dagestanden?) und eine Gestalt stieg aus. Sie winkte mit beiden Armen über dem Kopf. Daniel entfuhr ein lautes, ehrliches Lachen. Er winkte zurück und schrie hinunter: »Du Hund!« Die Person dort unten rief etwas herauf, aber zu leise, dass man es verstehen konnte. Bianca sah genauer hin. Und dann erkannte sie ihn. Es war Peter. Es war ihr gemeinsamer Freund Peter, von dem sie zuletzt etwas gesehen und gehört hatten, bevor die ganze Katastrophe ihren Lauf genommen hatte. Daniel umarmte sie jetzt und sie umarmte ihn zurück. Er weinte vor Glück.

29

Wie sich später herausstellen sollte, hatte Peter keine Möglichkeit gehabt, die Haustüre zu überwinden.

»Ich habe überlegt, sie einzuschlagen, aber ich dachte mir, du könntest sie ja doch noch brauchen, wenn du noch hier bist«, sagte er, als Daniel sie öffnete. Zuvor hatte er Peter durch das dicke Glas aufgefordert ein paar Schritte zurückzugehen. Sie grinsten beide über das ganze Gesicht.

»Wie Honigkuchenpferde«, dachte Bianca, als sie ebenfalls in der Tür erschien. Sie ging zögerlich. Sie hasste den Flur und das Treppenhaus. Und vor allem hasste sie diesen kalten, toten Raum im Vorgangsbereich, in welchem Schmierereien an den Wänden und zerfetzte, handgeschriebene Vermissten-Meldungen mit ihren Bildern von Kindern und Erwachsenen an der Pinnwand für Benachrichtigungen an die Mieterschaft hingen. In welchem alte, einzelne Zeitungsblätter in den unteren und mittlerweile tief herunterhängenden Spinnweben in den oberen Ecken eine Atmosphäre von Einsamkeit und Verzweiflung erzeugten.

Peters Kinnlade sackte drei Fingerbreit nach unten, als er sie sah. Seine Augen wurden groß und er musste erneut lachen. So sehr sogar, dass er sich mit den Händen auf den Knien abstützte.

»Was zur Hölle machst denn du hier?« Er wollte auf sie zurennen, hielt sich aber zurück, ehe Daniel was sagen musste. Er wollte ihm die Flasche mit dem Desinfektionsmittel zuwerfen, aber Peter streckte die flache Hand entgegen.

»Nicht nötig«, sagte er, zog aus einer seiner vielen Hosentaschen eine weiße Tube und spritzte sich ausgiebig ein durchsichtiges Gel in die Hand. Er trug schwarze Arbeitshandschuhe aus Gummi und verteilte damit das Gel, so gut er konnte, über seinen ganzen Körper. Sogar den kleinen Rucksack, den er auf dem Rücken gehabt hatte, nahm er ab und schmierte ihn damit ein. Dabei sagte er: »Ich nehme an, ihr habt dieselben Regeln wie wir. Wer von außen kommt, muss durch die Schleuse. Und die dahinterstehen, müssen darauf vertrauen, dass er sich nirgends angesteckt hat. Die Frage aber ist«, seine Stimme hatte was Scherzendes, Ironisches bekommen, »könnt ihr mir vertrauen?« Er grinste und Daniel musste lachen.

Peter hatte sich verändert. Sein blondes Haar war gewachsen und glatt und in Strähnen nach hinten gestrichen. Ein drahtiger, lichter Vollbart zeichnete sich über seinem Unterkiefer ab und seine Bewegungen wirkten viel weniger tapsig als sonst. Er trug die blaue Cargo-Latzhose eines Arbeiters, darunter eine enge, graue Lederjacke. Schwere Stiefel, Ellbogen und Knieschoner, wie man sie beim Mountainbiken verwendete, und eine breite Atemschutzmaske mit Filterkartusche, die jetzt lose um seinen Hals baumelte. Als er fertig zu sein schien, fiel ihm Daniel um den Hals. Sie umklammerten einander so sehr, dass Bianca glaubte, sie würden einander die Rippen brechen. Tatsächlich zuckte Daniel rasch zusammen und krümmte sich vor Schmerzen. Seine Blutergüsse und Prellungen taten noch immer höllisch weh, wenn man sie berührte. Sie lockerten ihren Griff und Daniel sagte: »Wo zur Hölle hast du gesteckt, Mann?«

Peter fiel nichts Besseres ein, als mit einem weiteren Scherz zu antworten: »Frag mich nicht, wofür ich voriges Jahr Max Brooks Zombie-Survival-Guide gelesen hab. Das bringt gar nichts. Der Typ hat doch nur Scheiße im Kopf.« Sie lachten.

Dann griff Daniel nach Bianca, die ein wenig abseits stand und sich an der Szene erfreute, ohne bewusst zu reagieren. Sie umarmten sich alle drei.

30

Ein haarsträubender Schrei von der Straße hatte sie auseinandergerissen. Das Hupen hatte nicht nur ihre Aufmerksamkeit erregt. Eilig hatten sie die Haustüre zugezogen und waren die Treppen nach oben gestiegen.

»Mann, ich pack's nicht, dass ihr beide ein Paar seid. Großartig, wirklich!«, sagte Peter, nachdem sie in die Wohnung getreten waren und ihre Oberbekleidung vor der Schutzfolie abgelegt hatten.

»Wie seid ihr aufeinandergestoßen?«, wollte er wissen, während er sich in dem kleinen Wohnraum umsah. Sein Blick hatte etwas Analytisches. Etwas ungewöhnlich Scharfes. Seine übliche Zerstreutheit, jener Charakterzug, der am typischsten für ihn war, ist wie ausgelöscht, dachte Daniel.

»Wir sind nie auseinandergegangen«, antwortete Bianca. Er drehte sich staunend zu ihr um. Dachte nach. »Wie jetzt?« Daniel war erleichtert. Da war sie wieder, diese Petersche Faszination. Diese Aufgeregtheit, die Daniel so an ihm mochte.

»Ja«, sagte sie. »Wir sind seit dem Abend bei dir zusammengeblieben.« Peter lachte. »Haha! Wie geil! Ich glaub, ich spinn!« Er klatscht ein die Hände freute sich wie ein kleines Kind.

Ein paar Minuten später hatte Bianca alles auf dem Tisch ausgebreitet, was sie hatte finden können. Ihr Verhalten erinnerte sie an das ihrer Großmutter. Sobald man bei ihr einkehrte, und wenn es nur war, um kurz etwas vorbeizubringen oder Hallo zu sagen, wurde groß aufgetischt und das Beste, was die Speisekammer hergab, wurde mächtig aufgetischt. Da lagen die letzten Reste ihrer geselchten Hauswürste und Salami. Dazu italienische Grissini und Essiggurken, Pfefferoni und Champions. Dazu Mais aus der Dose und eingelegte Sardinen. Außerdem Pringles, Malteserkugeln und Colafläschchen. Dazu gab es Sprite und Wasser und Rum und eine Flasche Rotwein.

Peter sah sich jetzt wieder um. Ließ den Blick schweifen über die Vorräte, die sich auf und in und neben der Küchenzeile stapelten. Über die Müllsäcke und den improvisierten Ofen mit den Brandrückständen und dem Ruß, der sich unter dem Eisengestell, auf dem sie ihn platziert hatten und das einmal ein Gartenassecoir gewesen war, ehe Daniel es aus einem Vorgarten gezerrt hatte. Er sah das zerwühlte Bett, den Kleinholzstapel, den man von hier aus auf dem Balkon sehen konnte. Peter schaute zurück in den Flur auf die dicke Folie, die von der Decke bis zum Boden hing. Betrachtete die gelöschten Kerzen, das verströmte Wachs und nickte. Die Wohnung war alles in allem ein Schweinestall, nett ausgedrückt.

»Sauber habt ihr es euch hier eingerichtet... Auf jeden Fall 'ne Besserung im Vergleich zu vorher.«

»Hrmpf, danke«, entgegnete Bianca und alle lachten herzlich.

»Setz dich doch«, forderte sie ihn auf, aber er stand vor dem Ofen und begutachtete den Schlauch, der aus dem notdürftig abgedichteten Fenster auf den Balkon führte. Er schien sie nicht zu hören.

Schließlich trat Daniel hinzu und sagte witzelnd: »Ich weiß, nicht die beste Arbeit. Aber ich bin halt Geisteswissenschaftler. Kein Techniker.« Peter war ernst geworden und schüttelte bloß den Kopf, ehe er mit ruhiger Stimme sagte: »Ihr habt eh recht. Es hat ohnehin keinen Sinn, was dagegen zu tun.«

Daniel verstand nicht. Er schüttelte den Kopf nach einer kurzen, unergiebigen Denkpause.

»Was meinst du?«

»Was, ich? Naja, die Abdichtung.«

»Die was?«

»Die wa... die wa... die Dichtung!«, er zeigte auf das gekippte Fenster. Daniel sah ihn verständnislos an. Bianca legte hinter ihnen beunruhigt die eingelegten Tomaten auf den Tisch, die sie noch gefunden hatte. Peter sah zurück und erkannte nun auch Biancas ratlosen Blick.

»Scheiße, habt ihr das nicht mitgekriegt? Wir werden alle früher oder später verrecken. Sagt mir bitte nicht, dass ihr das nicht mitbekommen habt!« Sie verstanden noch immer nicht. Aber seine direkten, ernst gemeinten Worte machten sie sprachlos. Peter fuhr sich mit der Hand durchs Gesicht ehe er weitersprach. Er stemmte die andere Hand in die Hüfte.

»Schon drei Tage nach dem Stromausfall mussten die ersten Kernkraftwerke in ganz Europa radioaktiven Dampf ablassen, um ihre Blöcke nicht zum Platzen zu bringen. Nach und nach mussten das alle, nachdem ihnen der Diesel für die Notgeneratoren und damit die Kühlung ausging und die Nachlieferung des Treibstoffs vonseiten des Staates langsam wegbrach. In Temelin in Tschechien, in Koslduj in Bulgarien und in Großwelzheim sind schon vor dem Stromausfall ganze Reaktoren in die Luft geflogen. Das habt ihr alles nicht mitgekriegt? Ich meine, Europa ist ein verseuchter Topf. Ein Atomreaktor muss auch nach der Abschaltung monatelang gekühlt werden. Es ist nur eine Frage der Zeit, bis die alle in die Luft fliegen. Wir werden alle an Krebs verrecken. Kein Mensch wird in den nächsten Jahren freiwillig einen Fuß hersetzen. Pff, von wegen die Amis werden helfen. Dass ich nicht lache. So ein Blödsinn, niemand kommt. Aber, dass ihr davon nichts gewusst haben sollt... Naja, natürlich nicht.«

»Woher weißt denn *du* das alles?«, fragte Bianca entgeistert. Sie wollte fragen: »Woher glaubst du denn das alles zu wissen?«, tat es aber nicht.

»CB-Funk. Ihr möchtet ja nicht glauben, wie es da abging, nachdem die Telekommunikation erst mal zusammengebrochen war. Also da gibts nen Typen in Nordrhein-Westfalen, der weiß Sachen, sag ich euch. Der weiß Sachen!« Für die Nachrichten, die er ihnen gerade mitgeteilt hatte, war er viel zu gut gelaunt. Er mochte bereits seit Wochen über diese Dinge Bescheid wissen, für Bianca und Daniel waren sie neu. Daniel musste sich hinsetzen. Er fasste mit der einen Hand nach der Lehne eines Esstischsessels, griff sich an den Bauch und schloss die Augen. In seinem Magen brach irgendetwas.

»Und woher hast du ein CT-Funkgerät?«, wollte Bianca weiter wissen und forderte Peter mit einer Geste auf, sich zu setzen.

»CB. Ich bitte dich, ich bin ein Nerd!«, sagte er und ging ein paar Schritte hin und her, ehe er sich Bianca und Daniel gegenüber niederließ. »Na gut... Ich hab es von meinem Großvater geschenkt bekommen als ich noch in der Schule war. Eigentlich hab ich das Ding nie benutzt. Aber das konnte ich ihm nicht sagen. Ich meine, wie hört sich das an: Hey Opa, sorry, dass du hunderte Euro ausgegeben hast für mich, aber das Teil ist wertlos. Ich hab 'nen PC und 'ne Playstation... Sofort nachdem die Sache hier schlimmer wurde, hat er begonnen zu funken. Und bald nach dem Ausrufen des Ausnahmezustands hat er mich mal gefragt, warum ich nicht wisse, wovon er spricht, wenn er mich anrief und mir Neuigkeiten erzählte. Ich hatte einfach vergessen, dass ich das Ding noch hatte... Vergangene Woche haben wir die Funkstation in den Minivan eingebaut. Sie funktioniert mit Autobatterien.«

»Sag mal... woher kannst du solche Sachen? Funkgeräte in Autos einbauen und mit Batterien verkabeln und sowas«, hakte sie nach, während Daniel sein Gesicht in seine Hände vergrub.

»He, du beleidigst meine Techniker-Ehre. Du weißt, dass ich fünf Jahre in eine technische Schule gegangen bin.«

»Ja und mit Ach und Weh bestanden hast.«, warf Daniel zwischen gespreizten Fingern hindurch ein.

»Trotzdem... Nagut, mein Großvater hat mir geholfen. Er war ja fast vierzig Jahre lang Elektrotechniker und hat eine eigene Firma mit zwei Angestellten gehabt, bevor er in den Ruhestand gegangen ist.«

Das hatte Daniel ganz vergessen. Wie man eben die Arbeitsverhältnisse der Verwandtschaft seiner Freunde nicht im Kopf behält. Verdammt, Daniel hatte sogar die Arbeitsverhältnisse seiner eigenen Verwandtschaft nie ganz durchblickt, fiel ihm jetzt aus irgendeinem Grund ein.

»Nein«, sagte er und schüttelte den Kopf. »Nein Peter, das klingt mir zu sehr nach Verschwörungstheorie.«

»Nach Ver...?«, Peter war baff. »Sag mal, sag mal hörst du mir etwa nicht zu? Ich sag dir doch, dass ich weiß, was da passiert ist. Es wurde mir gesagt!«

»Ja, aber von irgendwelchen Typen, die den ganzen Tag im Keller ihrer Mutti am Hobbyfunkgerät sitzen und nichts Besseres zu tun haben, als sich irgend einen Scheiß auszudenken!«

»Entschuldige bitte, aber bis vor Kurzem warst du selber noch so ein Typ, der den ganzen Tag vor 'nem verdammten Blechkasten gehockt ist. Genauso wie ich auch. Und das würdest du immer noch tun, wenn du Strom hättest und nicht den Tag mit Überleben verbringen müsstest. Das weißt du genau!« Peters Stimme hatte etwas Verletztes. Daniel hatte ihn gekränkt. Das ging bei Peter nicht leicht, außer man erwischte einen wunden Punkt. Und bei der Frage nach seinem Lebensstil handelte es sich um einen solchen. Obwohl all das jetzt nicht mehr relevant war.

»Was willst du damit sagen? Dass Europa zu 'ner verdammten Mad-Max-Wüste wird, nur in der Realität?«

»Nein, aber das Leben wird sich massiv verändern. Und nicht nur so, wie ihr es bisher geglaubt habt. Es wird sich für uns alle auch einfach... verkürzen. Und zwar sehr. Keiner von uns wird achtzig Jahre alt, so viel steht fest. Und wahrscheinlich werden wir alle ersaufen an der Flüssigkeit, die die Geschwüre in unseren Lungen ausgeben.« Peters Züge waren ernst geworden. Er versuchte nicht, verschwörerisch zu sein. Er sagte es ganz kalt und unbedrohlich. Einfach nur feststellend.

»Ich weiß nicht«, sagte Bianca. Aber Daniel wusste, dass Peter nicht ganz unrecht haben konnte. Die Versorgung der Kernreaktoren würde sehr viel Treibstoff verlangen. Und der musste aus irgendeinem Notdepot erst herausgeholt und von irgendjemandem transportiert werden. Und zwar über Straßen, die wohl teilweise stark blockiert waren. Das konnte nicht überall in Europa reibungslos verlaufen.

»Was ist dein Plan?« Daniel sah Peter ernst an. Dieser atmete aus und trank einen Schluck aus dem Gemeinschaftsbecher (Abwasch machte Mühe und verbrauchte unnötig Wasser). Sie hatten sich gesetzt und es war einige Zeit vergangen, bis sie wieder ein Wort miteinander gewechselt hatten. Das Tageslicht schien jetzt nur mehr schwach herein. Die nachmittägliche Sonne wurde von einer dicken Decke aus Wolken zurückgehalten. Um das Zwielicht aus der Wohnung zu drängen, zündete Bianca zwei dicke Dekokerzen an und stellte sie auf den Esstisch, um den sie noch immer saßen.

»Naja, es gibt zwei Möglichkeiten. Nein eigentlich drei, soweit ich das richtig sehe. Man könnte hier in der Stadt bleiben und versuchen zu überleben. Das würde auch gelingen, denke ich. Irgendwann müsste man halt anfangen Wasser aufzubereiten, weil die Supermärkte und Getränkeautomaten leer sein werden. Essen gibt es in Form von Konserven zuhauf. Das ist die nächsten Monate kein Problem... Ja und das war's dann aber auch. Man findet nie raus, was wirklich passiert ist. Trifft wahrscheinlich nie wieder andere Menschen, außer welche, die einem an den Kragen wollen, und erfährt nicht, was aus Familie und Freunden geworden ist. Und vor allem, wie es in der Welt weitergegangen ist nach Europas Untergang. Ich weiß nicht, wie belastet die Stadt ist. Das hängt auch vom Wind und dem Niederschlag ab. Aber vermutlich würde man in ein paar Jahren, vielleicht zehn, vielleicht zwanzig oder vielleicht nur zwei... keine Ahnung, damit kenn ich mich nicht aus, elend verrecken. End of story.«

»Die zweite Option?«, fragte Bianca ehrlich. Sie war aufgestanden, hatte die Flasche mit Whiskey geholt und nachgeschenkt. Sie hatte schon zuvor die Plakette angesehen und gerätselt. Es war eine Flasche Jameson Rarest Vintage Reserve. Peter hatte sie mitgebracht, nachdem er sie vor Tagen, so hatte er es erzählt, in einem aufgebrochenen Schnaps- und Likörladen mitgenommen hatte. Die Flasche hatte im alten Leben weit über fünfhundert Euro gekostet. Bianca fand, es schmeckte wie eine Mischung aus Honig und Holz.

Es war dunkel draußen geworden. Sie hatten den Tresor eingeheizt. Diesmal hatten sie zwei Versuche gebraucht, bis das Feuer griff. Wie immer stank es bald erbärmlich nach Rauch, aber nach einer halben Stunde hatte man sich halbwegs gewöhnt. Die Kerzen am Esstisch waren zwei Zentimeter heruntergebrannt. Aber sie saßen noch immer dabei und redeten. Oft schwiegen sie sich auch nur an. Minutenlang. Dachten nach und nippten an dem Schnaps. Gerade war wieder so eine Schweigepause eingelegt worden. Das macht niemand absichtlich. Es passierte einfach. Die Stimmung war zunehmend drückend geworden. Schließlich sagte Peter etwas.

»Früher haben wir uns Gedanken darüber gemacht, was wir uns am nächsten Tag anziehen oder welche Kaffeesorte wir bevorzugten oder was für Bierdosen momentan im Angebot sind. Jetzt machen wir uns Gedanken darüber, wie wir nicht verdursten und verhungern... Das Leben ist nicht zurückgeworfen ins Mittelalter. Wir leben in der *fucking* Steinzeit«, sagte er. Man merkte, dass auch der Alkohol aus ihm sprach. Seine herzliche Freundlichkeit und seine liebenswürdige Aufgekratztheit waren wie weggeblasen und der Whiskey hatte eine Seite an Peter freigelegt, die Daniel nie sonderlich gemocht hatte. Er wurde zynisch und bitter. Das war ansteckend, wie Daniel wusste und wie er selbst bemerkte, nachdem er ihm antwortete:

»Immerhin, früher haben wir Wodka um zehn Euro getrunken. Jetzt ist es Whiskey für fünfhundert.« Bianca schüttelte den Kopf und verräumte den Alkohol. »Ihr habt genug.« Sie hatte recht. Und Daniel spürte, wie Nervosität in ihm aufzusteigen begann. Er war leicht betrunken. Und das bedeutete, dass er nicht bei klarem Verstand war. Und das bedeutete, dass er auf mögliche Ereignisse, Gefahren oder Bedrohungen nicht ordentlich reagieren konnte.

»Wie auch immer«, schloss Peter, er stocherte mit einem toten Zündholz im Wachsbett der brennenden Kerze. »Es geht nicht mehr darum, wie wir leben. Sondern nur darum, wann wir verrecken.«

»Du hast vorher gesagt, dein Großvater hat dir geholfen mit deinem Auto. Geht es ihm gut?«, fragte Daniel.

»So gut wie es einem alten Mann halt gehen kann, wenn die meisten seiner Enkel und Kinder draufgegangen sind.«

»Deine Eltern?«

Peter antwortete nicht. Er schüttelte den Kopf. Sah nur in die Flamme der Kerze vor ihm und stocherte ziellos in ihrem Wachs herum.

»Die Krankheit?«

»Nein... «, jetzt sah er auf: »Die Kranken.«

Tag 44

The end of laughter and soft lies
The end of nights we tried to die
This is the end

-THE DOORS, THE END

31

Option zwei sah Peter darin, dass man versuchte, sich in eine der »sicheren Zonen«, wie er sie nannte, zurückzuziehen. Es gab noch immer Reste staatlich kontrollierter Gebiete mit halbwegs funktionierenden Behörden, Exekutive und sogar Stromversorgung. Die gab es seines Wissens nach in fast jedem europäischen Land und in der Regel konzentrierten sie sich um den Regierungssitz oder einem nahe gelegenen Ort am Land. Das Problem war, dort reinzukommen. Denn der Ansturm war groß. Und wenn man mal drin war, hatte man noch immer die mögliche radioaktive Verseuchung, die sicher auch nicht vor diesen Zonen Halt machte. Option drei hatte Peter mit einem Glänzen in den Augen präsentiert.

»Portugal!«, hatte er am Vortag, als sie um den Esstisch gesessen waren, gesagt und sie angesehen.

»P. Portugal?«, entgegnete Daniel.

»Portugal!«

»Warum?« Bianca verstand eben so wenig wie Daniel, warum Peter Portugal für die attraktivste Option hielt.

»Naja, aus einer ganzen Menge von Gründen. Zuerst einmal, und das ist vielleicht am wichtigsten, Portugal hat keine Atomkraftwerke.«

»Ja gut, aber...«

»Aber«, fiel Peter Daniel ins Wort, der ihn unterbrochen hatte: »Aber, wirst du jetzt sagen, Radioaktivität macht an den Landesgrenzen nicht halt. Stimmt!, werde ich sagen. Allerdings liegt Portugal am Atlantik. Und ich weiß nicht, wer sich von euch mit Meteorologie auskennt, ich jedenfalls tue es nicht. Aber soweit ich weiß, geht der Wind in der Regel nicht auf das Meer hinaus, sondern kommt von dort herein. Und selbst wenn er das tut, ich halte die Wahrscheinlichkeit höher, dass die Nukleardampfwolken Europas eher in das Landesinnere gefegt wurden als auf das Meer hinaus.«

Daniel ächzte. Peter warf mit gefährlichem Halbwissen um sich. Ansonsten war das ja immer ganz charmant gewesen, aber in der jetzigen Situation ging es im Grunde um Leben und Tod. Wenn es nicht längst zu spät war.

»Zweitens: Portugal stellt den nächsten Punkt des europäischen Festlandes zu Amerika dar. Wenn es irgendeine Möglichkeit geben sollte, dorthin zu gelangen, dann doch wohl von Portugal aus, da ja der Rest des Kontinents viel zu stark kontaminiert ist.« Auch dieses Argument befriedigte Daniel nicht. Es passte auch nicht zu Peter, so oberflächlich zu denken. Er sah ihn an und erkannte in Peters Augen ein nervöses Flattern. Peter wusste, dass er sich auf argumentativem Glatteis bewegte. Aber aus irgendeinem

Grund wollte er unbedingt selbst glauben, was er da sagte. Daniel wusste nur nicht, warum.

»Und drittens«, fügte sein alter Freund an, »ist in Portugal das Klima mild, wenn nicht warm. Im Winter ist die Wahrscheinlichkeit zu erfrieren verschwindend gering.«

Jetzt, am Tag danach, stand Daniel auf dem Balkon und sah zu, wie Peter die Seitentüre des Minivans aufschob und hineinstieg. Von hier oben erkannte er, was sich in der engen Wohnung nur angedeutet hatte. Peter hinkte aus irgendeinem Grund. Was war ihm zugestoßen? Er würde sich kurz bei seinem Großvater melden, hatte er gesagt. Bianca trat jetzt ebenfalls heraus und legte ihre Hand auf Daniels linke.

»Er tut mir leid«, sagte sie.

»Ja. Mir auch. Ich meine... Wir haben auch unsere Familien und Freunde verloren...«

Sie beendete den Satz für ihn: »Aber wir mussten es wenigstens nicht mit ansehen.« In der vergangenen Nacht hatte er nur angedeutet, wie seine Eltern, sein Bruder und seine Tante vor seinen Augen zu Tode gekommen waren. Er hatte es nicht weiter ausgeführt, aber allein die Vorstellung war erschütternd. Danach hatten sie verstanden, warum er unbedingt aus dieser Stadt hinausmusste und alles daran setzte, so weit wie möglich fortzukommen. Auch wenn woanders die Umstände auch nicht unbedingt besser sein würden.

»Ich meine«, begann Daniel, »er hat nicht unrecht. Abgesehen davon, dass er die Argumente für Portugal aus seiner Sicht in der exakt falschen Reihenfolge, nämlich mit dem für ihn stärksten zuerst und dem unwichtigsten zuletzt, gebracht hat, hat er nicht unrecht. Das Klima in Portugal ist wärmer. Und wenn an der ganzen Atomsache wirklich etwas dran ist, und das ist nicht weit hergeholt, fürchte ich... dann ist es sicher besser nicht mitten im Inneren des Kontinents, sondern an der Küste zu leben, wo stärkerer Wind geht. Egal in welche Richtung.«

Ein mächtiges, aber weit entferntes Donnergrollen unterbrach ihn in seinen Ausführungen. Während über ihnen noch wärmendes Sonnenlicht strahlte, hatte sich im Laufe der letzten Stunden im Osten ein Wolkengebirge aufgetürmt, welches nach und nach immer mehr Platz am Himmel einnahm. Sie wussten beide, was das bedeutete. Es konnte sich nicht um einen sommerlichen, kurzen Regenguss handeln, dazu war es zu früh im Jahr. Wenn es ein ausgewachsenes April-Unwetter war, würde das Probleme bedeuten. Auch wenn sie den Ofen nachts einheizten, würde es bitter kalt werden. Daniel sah zu den Bäumen hinüber, die die Straße vom mittlerweile längst ausgestorbenen Krankenhausgelände abtrennten. Die Wipfel derjenigen, die Nadeln trugen, bogen sich sichtbar hin und her. Ein Wind kam auf.

32

Am Nachmittag fegte der Sturm bereits so mächtig an ihrem Balkon vorbei, dass das nächste Hochhaus, das keine hundert Meter schräg links von ihnen entfernt stand, kaum mehr zu erkennen war. Es konnte noch nicht nach fünf Uhr abends sein, aber das Tageslicht war von dem Unwetter vehement ausgesperrt wurden. Ohne Kerzen sah man in der Wohnung kaum die Hand vor Augen. Nachdem Peter von seinem Auto zurückgekehrt war, hatte er ihnen erklärt, dass es seinem Großvater gut ginge. Sie hatten sich anschließend lange unterhalten (hauptsächlich hatte Peter ihnen sein Wissen zu den Vorgängen in der Außenwelt mitgeteilt) und waren dann irgendwann in ein redemüdes Beisammensitzen gesunken.

»Ich kann einfach nicht glauben, dass fast dreihundert Millionen Menschen in den letzten Wochen gestorben sind«, sagte Bianca irgendwann fassungslos. Peter hatte die Zahlen von einem Mann, der sich auf Kontakte im Innenministerium berufen und sie per Funk verbreitet hatte.

»Ich meine, wo sind sie denn alle hin? Wo sind die Leichen?« Bianca wollte es nicht glauben.

»Naja, die Frühverstorbenen wurden verbrannt oder liegen in den Gruben. Nachdem aber das System nach und nach zusammengebrochen ist...«

»Sie liegen noch in ihren Wohnungen«, ergänzte Daniel Peters Satz.

»Wie gesagt, es handelt sich um Schätzungen. Aber irgendwo in der Größenordnung wird es sich wohl bewegen. Wie sonst könntest du dir erklären, dass du kaum eine Menschenseele mehr zu Gesicht bekommst. Ich meine, klar, die Städte hat es besonders hart getroffen. Am Land liegt die Überlebensrate sicher höher aber...« Peter brach seinen Satz ab und nippte an seiner Wasserflasche. Er hatte zwei Packungen mit je sechs Eineinhalbliterflaschen aus seinem Auto mitgebracht. Unten hatte er noch drei davon.

Man kann ja nie wissen, wo man liegen bleibt, hatte er gesagt.

Die Zahlen hatten Daniel und Bianca schwer erschüttert. Bis dahin war alles Geschehene so abstrakt gewesen. So fremd. Aber jetzt, mit dieser unvorstellbaren, den menschlichen Verstand übersteigenden Zahl hatte die Katastrophe eine neue Dimension bekommen. Peter hatte noch einiges mehr erzählt. Unter anderem, dass die letzten Schätzungen besagten, dass etwa zwanzig Prozent der Überlebenden in den nächsten Wochen und Monaten ihren chronischen Erkrankungen erliegen würden, nachdem die Medikamentenversorgung über weite Teile völlig zusammengebrochen war. Weitere dreißig Prozent würden in den kommenden Monaten, sofern sich die Situation nicht gravierend besserte, an Seuchen, Hunger oder einfachen Krankheiten, die unversorgt blieben, sterben. Natürlich überschnitt sich diese Gruppe mit der ersteren. Rund vierzig Prozent der Überlebenden hätten sich inzwischen mit dem neuen Virus angesteckt und vegetierten zwischen Wutschüben und Erschöpfungszuständen.

»Bleiben zehn bis zwölf Prozent Europäer, welche den kommenden Sommer überleben werden. Das sind vielleicht etwas mehr als sechzig Millionen Menschen auf dem Kontinent. Der darauf folgende Winter wird weitere Opfer fordern... Eine natürliche Immunität wird übrigens bei zwanzig bis dreißig Prozent vermutet. Wie gesagt, alles nur Schätzungen«, hatte Peter seinen Bericht abgeschlossen.

Bianca sagte nach einem längeren, betretenen Schweigen: »Ist es möglich, dass wir alle drei hier immun sind?«

Daniels schüttelte den Kopf. Peter sagte nichts. Die Wahrscheinlichkeit war einfach zu gering.

»Aber denkt mal nach. Wir sind alle keine Experten. Wir versuchen uns zwar zu desinfizieren und so weiter, wenn wir heimkommen. Aber ob das alles was bringt, wissen wir wirklich nicht.«

»Naja, großflächig aufgetragenes Desinfektionsmittel hat sehr wohl eine gewisse Wirkung. Wenn nicht eine durchschlagende«, entgegnete Daniel.

»Ach, komm mir nicht so. Du weißt genau, was ich meine. Wir haben keine Ahnung von dem Ganzen. Alle drei, wie wir hier sitzen, nicht.«

»Trotzdem. Wie stehen die Chancen«, führte Peter aus. »Ich glaube es nicht. Das widerspricht jeder Statistik. Wenn zwei Personen mehrere Wochen nach Ausbruch des Virus aufeinandertreffen, so wie ich mit euch, so ist es schon drin, dass beide die gleichen Abwehranlagen gegen die Krankheit haben. Aber zwei Personen, die nicht miteinander verwandt sind und von Anfang an zusammenhängen. Ne, das glaub ich nicht. Nein, Leute... Wir müssen davon ausgehen, dass es uns auch irgendwann erwischt... Und wenn nicht, dann irgendetwas anderes.«

Daniel lehnte sich zurück und wechselte einen traurigen Blick mit Bianca, ehe er sprach: »Im Grunde ist es egal... Ich meine, nicht egal. Aber wie viele auch tot sind, die Welt ist am Ende. Zumindest Europa.«

Etwas später, es musste bereits Nacht sein, aber so genau war das nicht zu sagen, nachdem der Sturm noch immer wütete, hörten sie seltsame Geräusche. Immer wieder ertönte ein fernes, vom Heulen des Windes, der so stark war, dass man ihn diesmal bis in die Wohnung hören konnte, durchzogenes Krachen. Darauf folgte ein paar Sekunden nichts und dann ein langgezogenes, brachiales Geräusch, das an eine meterhohe Welle erinnerte, die gebrochen war und auf das Ufer schlug.

Tag 45

Zu Trümmern wird alles gehen, was wir bedächtig bauten.

-FRIEDRICH SCHILLER, WALLENSTEIN

33

Am nächsten Morgen hatte sich der Sturm gelegt, aber der Himmel blieb bedeckt. Feiner, halbgefrorener Nieselregen netzte die Erde. Sie waren wie in der Nacht zuvor zu dritt in dem Junggesellenbett Daniels geschlafen. Es war eng geworden, aber immerhin wurde ihnen nicht so kalt. Beim Erwachen waren sie erstaunt darüber, dass zarte weiße Luftfäden aus ihren Mündern strömten, wenn sie ausatmeten. Das Feuer im Ofen war früh erloschen und die Luft in der Wohnung war mittlerweile kälter als jene am Balkon. Während sich Daniel und Peter daran machten einzuheizen und dabei kräftig fluchten (der ehemalige Tresor schien aus dem letzten Loch zu pfeifen), stieg Bianca in zwei Decken gehüllt ins Freie. Sie sah hinunter und schlagartig konnte sie sich die gestrigen, seltsamen Geräusche erklären. Vier der höchsten Bäume zwischen Straße und

Klinikumsgelände lagen quer über die Straße und ragten weit in den Parkplatz der Wohnanlage hinein. Zwei waren etwas oberhalb ihres rund dreißig Meter hohen Stammes einfach abgebrochen. Die zwei anderen hatten sich mitsamt ihrer Wurzel niedergeworfen. Dort wo ihre Stämme einst im Boden verschwunden waren, lagen jetzt gewaltige Krater, die aussahen, wie sie sich Granatentrichter vorstellte. Wer wird die wegräumen?, dachte sie.

»Fuck!«, rief Peter knapp hinter ihr. Sie erschrak und boxte ihm in die Seite. Jedoch beachtete er sie nicht. Er wiederholte sich. Fluchte und griff sich mit beiden Händen hinter den Kopf. Entnervt drehte er sich im Kreis.

»Wie zur Hölle soll ich jetzt das Auto da rausbekommen?« Sein Minivan hatte keinen Schaden genommen, soweit Bianca das von hier oben beurteilen konnte. Allerdings versperrte einer der umgestürzten Bäume die Einfahrt des Parkplatzes.

Sie brauchten eine Motorsäge. Das stand fest. Und dann würden sie mindestens zwei Tage brauchen, um das Holz zu entfernen. Erst dann würden sie losfahren können.

»Vorausgesetzt, und das will ich hoffen, ihr kommt mit!« Daniel ging nicht näher darauf ein. Er hatte es mit Bianca noch immer nicht gänzlich ausdiskutiert. Sie hatten sich so gut eingelebt, wie es die Umstände zuließen. Ihnen war in dieser Wohnung nichts Lebensbedrohliches zugestoßen. Woher sollten sie wissen, dass das woanders nicht der Fall sein konnte. Anstatt zu antworten, sagte er jetzt: »Und vorausgesetzt, wir schneiden uns dabei nicht die

Schlagadern durch.« Er hatte keine Ahnung von Motorsägen. Genauso wenig wie Peter.

Tag 47

Just stop your crying
It will be alright
They told me that the end is near
We gotta get away from here
-HARRY STYLES, SIGN OF THE TIMES

34

Bianca stand im Treppenhaus des vierten Stockwerks. Das Knattern der Säge war sogar hier fast ohrenbetäubend. Sie klammerte sich am Rahmen des geöffneten Fensters fest, um das Zittern zu unterdrücken, das sie schubartig überfiel. Immer wieder warf sie einen Blick über die Schulter, nach oben und unten, in das düstere, graue Treppenhaus. Niemand zu sehen. Dann kam sie ihrer Aufgabe wieder nach und beobachtete die Situation von hier oben. Sie musste den Überblick behalten. Neben ihr standen halb volle PET-Flaschen verschiedener Softdrink-Marken. Sobald sie etwas Gefährliches sehen würde, sollte sie mit gezielten Würfen die Männer darauf aufmerksam machen. Rufen ging nicht, dazu war es viel zu laut. Es war ein beschissener Plan, vor allem weil eine geworfene Flache, die einen von beiden am Körper traf, fatale Folgen nach sich ziehen konnte, in Anbetracht der Tatsache, dass da mit einer Kettensäge hantiert wurde. Aber etwas Besseres war ihnen nicht eingefallen.

Sie wussten, dass die verursachte Lautstärke eine ganze Menge Aufmerksamkeit auf sie ziehen würde, daher beeilten sich die zwei, so gut sie konnten. Mehr Angst machte Bianca aber fast noch, dass da zwei völlig ungeschulte junge Männer mit einem tödlichen Gerät arbeiteten, das keiner von ihnen je zu vor in der Hand gehabt hatte. Beide hatten ohne Frage ihre Stärken, aber Männer mit Handwerks- oder gar Landarbeiterqualitäten waren sie keine. Im Grunde handelte es sich um zwei Studenten, die von echter körperlicher Arbeit keinen Begriff hatten. Schon gar nicht von Forstarbeit. Was würde sie tun, wenn Peter abrutschte und sich in den Oberschenkel schnitt. Oder wenn Daniel das Holz falsch einschätzte und von einem abgesägten und zur Seite polternden Stamm erschlagen wurde. Der Baum ragte zum Teil über zwei Meter über dem Boden waagrecht über den Parkplatz. Er lag auf querstehenden Autos auf und hatte deren Dächer eingedrückt. Sie hatte keine Ahnung, wie schwer das Holz wirklich war, aber nachdem die größten Äste abgeschnitten waren und Peter zum ersten Mal einen Teil des Stamms fast durchgesägt hatte, hatte sie sich fürchterlich erschrocken. Er hatte vier Versuche gebraucht, da sich die Säge mehrfach im Holz verklemmt hatte und er sie mühsam wieder heraushebeln hatte müssen. Schließlich aber gab es, noch bevor er ganz durch war, ein Knacken und der abgesägte Teil löste sich mit einem Ruck, krachte auf ein darunter liegendes Fahrrad und sprang mindestens drei Meter zur

Seite, wo er mit dem dickeren Ende gegen einen Toyota prallte. Vom Fahrrad war nicht viel mehr übrig geblieben als ein verborgenes, zerschmettertes Alu-Gestell. In der Beifahrertür des Toyotas prangte ein gewaltiges Loch. Oder vielmehr: Die Beifahrertür war zu einem einzigen Loch geworden. Wenn Daniel so ein Teil erwischen würde, wäre er sofort tot gewesen. Und dann war da noch die Angst vor möglichen Infizierten, die nicht nur draußen auf sie aufmerksam werden, sondern die sich noch im Haus befinden und vom Lärm angelockt werden konnten. Dann würden sie wahrscheinlich, wenn sie einen Weg fanden, durch das Treppenhaus stürmen. Und Bianca würde sie nicht hören. Daher eilte sie immer wieder zwei Schritte zurück, sah am Geländer nach oben und unten, vergewisserte sich, dass sie keine blutigen Hände sah, die daran herunter oder herauf preschten, und hastete zurück zum Fenster. Ihr Herzschlag lag konstant über hundertzwanzig. Sie explodierte fast vor Aufregung.

Daniel und Peter hatten Stunden gebraucht, um einen Wagen mit Zündschlüssel zu finden, der sie zum Baumarkt bringen würde. Schließlich hatte Bianca die ausschlaggebende Idee gehabt, am Krankenhausgelände nachzusehen. Und tatsächlich fanden sie dort ein halbes Dutzend Autos, deren Türen zum Teil offen standen und bei denen der Zündschlüssel noch steckte. Die meisten standen wirr vor der Notaufnahme und waren teilweise in grässlichem Zustand. Zwei waren ohne Blut und Kotflecken im Inneren. Einer davon war ein alter VW-Golf. Der andere ein BMW-Kombi. Sie entschieden sich für den Kombi. Das Gute daran, dass Peter und Daniel zum Baumarkt aufgebrochen waren, war, dass sie den von Peter vor Wochen versteckten Ofen mitnehmen konnten. Für den Fall, dass sie hierbleiben würden, nicht zwingend in der kleinen Wohnung, aber im Wohnblock, würden sie eine gute Heizung für die Zukunft haben. Das Hochhaus hatte sich als ein gutes Quartier herausgestellt. Die meisten Wohnungen in ihrem Stockwerk waren leer. Nur aus einer Einheit in ihrem Stockwerk hatten eindeutige Geräusche sie veranlasst, die Tür von außen mit Brettern zu vernageln. In den unteren Stockwerken war in großem Ausmaß Kanalwasser aus den Toiletten getreten, und das roch man bis hierher in das Treppenhaus, aber das kümmerte sie im elften Stockwerk nur wenig. Die Eingangstüre unten würde sich noch weiter verstärken lassen und sie konnten sich problemlos eine der Maisonette-Wohnungen in der obersten Etage nehmen. Aus den leer stehenden Einheiten konnten sie sich Unmassen an Brennholz und Vorräten anschaffen, ohne auch nur einen Fuß auf die Straße setzen zu müssen. Auch die Abwasserfrage würden sie irgendwie in den Griff bekommen. Warum also nicht hier bleiben, war die Frage. Andererseits sprachen gute Gründe dagegen. Der vielleicht beste war, dass Peter nicht hier bleiben würde.

Sie dachte an den Ofen, den sie mitgebracht hatten, und freute sich bereits, ihn anzuschließen. Denn sie hatten ihn bitter nötig, und zwar nicht irgendwann, sondern sofort. Denn die Temperaturen waren selbst mit Winterjacke und Schal kaum mehr zu ertragen. Es musste sich um eine letzte Schlechtwetterfront handeln, bevor der Frühling kam. Aber sie konnte noch Tage dauern. Von den eisigen Temperaturen bekam Bianca in ihrer Aufregung jetzt aber nichts mit, außer den kalten Schweiß, der sich in ihrem Nacken gesammelt hatte und ihr jedes Mal, wenn sie zurücksah und das Treppenhaus kontrollierte, das Gefühl gab von einer Hand aus kaltem Stahl am Genick gepackt zu werden.

Eine knappe Stunde später hatte sie ein paar Flaschen hinausschleudern müssen. Es hatte funktioniert. Daniel war darauf aufmerksam geworden, während er damit beschäftigt war, abgesägte Äste aus dem Weg zu räumen, als eine Halbliter-Fanta-Flasche vor seinen Füßen vorbeischlitterte. Er hatte Peter per Handzeichen verständigt und sie waren in das Hausinnere geflüchtet. Jetzt standen sie auf ihrem Balkon und spähten aufgeregt hinunter. Bis vor zehn Minuten, also insgesamt eine satte Viertelstunde lang, hatte ein weißer Lieferwagen an der Straße gestanden. Bianca hatte sofort reagiert, als sie ihn bemerkt hatte. Die ganze Zeit über war niemand ausgestiegen. Schließlich wendete er plötzlich und fuhr in die Richtung davon, aus der er gekommen war.

»Am schwierigsten ist es, die Stämme aus dem Weg zu rollen. Du musst die nächsten Stücke kürzer schneiden, sonst schaffen wir es nicht mehr. Der Stamm wird immer dicker«, sagte Daniel. Er saß jetzt erschöpft auf dem Bett und aß gebackene Bohnen aus der Dose. Seine nassen Socken trockneten über dem alten Ofen, den sie ein letztes Mal eingeheizt hatten. Er rauchte und schmorte und es war gut, dass sie ihn nicht mehr benutzen würden. Peter nickte. Tatsächlich hatten sie selbst zu zweit größte Mühen, die zwei bis drei Meter langen Stammstücke auch nur die paar Schritte weit zu rollen, die sie benötigten, damit der Minivan irgendwann durchkam.

»Wie erklärst du dir, dass keine Kranken gekommen sind?«, fragte Bianca Peter. Er lehnte an der Kante des Esstisches und trank Wasser. Bevor er antwortete, wischte er sich mit dem Handrücken über den Mund und zuckte etwas ratlos die Schultern. »Keine Ahnung. Vielleicht, weil durch die Häuser und die Art des Lärms nicht einzuordnen ist, woher er kommt. Oder weil es ihnen Angst macht...«

»Oder weil wir einfach Glück hatten«, meinte Daniel. »Heute sollten wir jedenfalls nicht mehr weitermachen. Zu riskant. Wenn wir schnell sind, schaffen wir morgen den Rest.« Sie waren sich einig.

»Und dann?«, fragte Peter. Niemand antwortete.

35

»Aufwachen. Du musst sofort aufwachen!« Sie spürte, wie er sie aus dem Schlaf rüttelte. In den ersten Sekunden griff Bianca schlaftrunken um sich. Zuerst wurde ihr Verstand munter, sie kämpfte ihren Körper aus der lähmenden Ohnmacht des Schlafes und schlug die Augen auf. Sie sah Daniels Gesicht nicht, es war zu dunkel. Aber sie spürte ihn. Er hatte sie an den Schultern gepackt und schüttelte sie sanft.

»Ich bin wach«, sagte sie, damit er aufhören konnte. Weiches Kerzenlicht warf undeutliche Schatten an die

Wände des kleinen, vollgeräumten Zimmers. Sie schluckte trocken.

»Was ist los?«

»Wir müssen weg.«

»Nein«, rutschte es ihr heraus, als sie eine undefinierbare Angst überkam. »Nein.« Sie setzte sich auf. Die Balkontüre stand offen. Ein bekannter Geruch strömte mit der eisigen Luft herein. Peter rief etwas, das sie nicht verstand, als er hastig hereinkam und die wenigen Schritte bis in den Flur rannte. Er riss die Folie von der Decke, um besser zu seinem Zeug dahinter zu kommen. Sie schrie: »Nicht!« Wollte aufspringen. Daniel hielt sie zurück. Sie fühlte seinen Schweiß auf ihrer Haut.

»Es brennt! Bianca! Es brennt!« Plötzlich war sie hellwach. Sie schälte sich aus dem Bett, während Peter etwas rief wie: »Irgendein Idiot muss ein Lagerfeuer in seinem Wohnzimmer gemacht haben, um nicht zu erfrieren.«

Sie schob Daniel beiseite und stürzte auf den Balkon. Hier war der Geruch, den sie von ihrem Ofen nur zu gut kannte, viel stärker. Strenger. Fast beißend. Hinter dem Geländer schob sich eine Wand aus weißem und schwarzen Rauch von unten nach oben. Sie steckte den Kopf hinein und sofort begannen ihre Augen zu tränen, ihre Haut wurde taub von der Hitze, die heraufströmte. Es war nichts zu sehen. Hustend glitt sie am Geländer entlang in eine Ecke. Hier war der Blick besser. Vier oder fünf Stockwerke unter ihnen schlugen flackernde, dunkelorange Flammen aus den Fenstern. »Nein!«, schrie sie. »Nein!« Daniel zerrte sie vom Geländer, sie war kaum zu bewegen. Er umklammerte sie, fasste ihren Kopf mit beiden Händen. Er musste fast schreien, so laut krachte es jetzt herauf. Irgendwo splitterte Glas. Irgendwo krachte ein Kasten zusammen. »Hör mir zu!«, sagte er ihr laut. »Hör mir zu!«, rief er. Sie schrie ihn an. Diesmal weniger vehement. Ängstlich. Hilflos. »Nein!«

»Wir schnappen das Nötigste, und dann raus hier! Wir können keine Sekunde länger bleiben!«

Er küsste sie auf die Stirn und zog sie mit sich in die Wohnung. Peter und Daniel warfen Sachen durcheinander. Stopften irgendwelche Dinge in Rucksäcke. Sie schlüpfte in ihre Klamotten. Sie griff nach ihrer Decke. Packte eine Flasche Wasser. Griff nach dem Erste-Hilfe-Kästchen, das unter dem Bett lag. Sie suchte ihren Beutel, fand ihn und warf aus irgendeinem Grund ihr nutzloses Telefon hinein. Wie ferngesteuert packte sie ihre Sachen. Keine zwei Minuten später waren sie aus der Wohnung und im Flur. Hier war es still und noch kälter als sonst. Es war dunkel. Nur die Taschenlampen von Peter und Daniel gaben Licht und den Weg vor. Sie fummelte nach ihrer eigenen, fand sie in der Aufregung nicht. Sie hasteten durch den Gang. Peter wuchtete die Tür des Treppenhauses derart hastig auf, dass sie zurückflog und ihm fast den Ellbogen brach. Er schrie. Sie rumpelten die ersten Treppen hinab, mitten in den immer dichter werdenden Rauch hinein. Nach drei Stockwerken sahen sie die Hände vor den Augen nicht mehr. Es wurde unerträglich heiß und laut. Es war ein Geräusch, das dem Brechen von trockenen Knochen glich. Im vierten griff Bianca nach Daniels Schulter. Sie erwischte ihn nicht. Sie griff ins Leere. Sie musste ihre Augen schließen, konnte nur durch schmale Schlitze schauen. Er war weg. Nur weißer, stechender Nebel umgab sie. Von der Seite leuchtete heller Schein in ihr Blickfeld. Die Bügel ihrer Brille glühten gegen die Schläfen. Die plötzliche Hitze drückte sie nieder. Beinahe wäre sie auf die Knie gegangen. Sie rang nach Luft, merkte wie massenweise Speichel in ihren Mund schoss. Sie musste ausspucken. Sie stolperte vorwärts, knallte gegen eine Wand. Sie wollte schreien. »Peter!«, wollte sie schreien, dann erst »Daniel!«. Brachte aber nur ein unartikuliertes Husten heraus. Sie griff wieder nach vorne, fasste ein Geländer und ein sengender Schmerz durchfuhr sie. Es zischte. Sie schrie und zog die verbrannte Hand zurück. Immer greller wurde es, sie taumelte zurück und stolperte. Durch die geschlossenen Lider blendete sie es plötzlich, als würde sie mit offenen Augen in die Sonne schauen. Das Brüllen des Feuers drohte ihr jetzt die Ohren zu zerreißen. Da fasste sie eine Hand am Gürtel. Zog sie, zerrte sie. Und dann war da wieder Luft. Sie konnte atmen. Der Blick war zu verschwommen, um etwas zu sehen. Sie spürte eine Hand in ihrer. Es war Daniels, da war sie sich sicher. Sie erkannte seine Jacke. Sie rannten. Sie rannten irgendwohin. Als sie wieder sehen konnte, standen sie am Ende eines Flurs. Er sah genauso aus wie jener in ihrem Stockwerk. Peter suchte nach einem Griff für das Fenster. Er riss ihn hoch und hebelte das Fenster fast aus den Angeln. Er zog, aber es hatte sich verklemmt. Es hing halb im Rahmen und wollte sich nicht bewegen.

»Warte!«, brüllte Daniel. Er drängte sich neben ihn. »Falsche Seite! Die Feuertreppe ist auf der anderen!« Sie fuhren herum, rannten den Flur zurück, aber da griffen bereits Flammen um die Ecke. Glas sprang, etwas knackte, gefolgt von einem metallischen Krachen. Ein Feuerstoß schoss aus dem Treppenhaus und versperrte ihnen den Weg. »Zurück!« keuchte Daniel. In der letzten Wohnung, die der Flur hergab, warfen sich die Männer abwechselnd gegen die Türe. Sie traten danach. Wieder und wieder. Der Rauch drang zu ihnen. Panik griff mit kalten Krallen in ihre Brust. Endlich gab das Holz krachend nach und die Tür flog nach innen. Daniel schob Bianca voraus und warf die Tür hinter ihnen zu. Es war eine große Wohnung mit mehreren Zimmern. Sie war aufgeräumt und unberührt. Von draußen leuchtete das Feuer hell herein und warf lange Schatten auf den Boden. Peter stürmte zum Balkon, Daniel hielt ihn auf.

»Da draußen verbrennen wir nur!« Peter trat gegen einen Wohnzimmersessel. Das Ächzen und Knarren, das das brennende Haus von sich gab wimmerte schmerzvoll bis zu ihnen. Ein Zittern ging durch den Boden. Hier waren nirgends Flammen, aber es hatte mindestens fünfzig Grad.

»Es ist eine Eckwohnung!«, schrie Daniel und warf die Tür eines Zimmers auf. Da war ein Fenster. Sie rissen die Gardinen mitsamt der Stange herunter und öffneten es, stecken die Köpfe hinaus.

»Es ist umsonst. Das sind mindestens sechs Stockwerke!«

»Unten ist ein Carportdach aus Blech!«, warf Peter zurück, packte die Matratze aus dem Bett des Zimmers und schob sie aus dem Fenster.

»Spinnst du? Das überleben wir nie!« schrie ihn Daniel an. Sie sahen einander an und nach wenigen Augenblicken ließ Peter den Kopf fallen.

Biancas Knie knickten ein. Sie sackte, so wie sie in der Tür des Zimmers stand, zusammen. Sie griff in die Luft, kam aber nicht auf. Daniel zog sie auf die Beine. Sie suchten Handtücher und stopften sie in den Toilettenkasten, um sie mit Wasser vollzusaugen. Sie dichteten den Schlitz unter der Wohnungstür damit ab. Bianca trat an die Balkontüre und hielt die heile Hand dagegen. Es fühlte sich an, als würde sie auf eine angeschaltene Herdplatte greifen. Mittlerweile war es so hell, dass es wieder in den Augen schmerzte. Daniel umfasste sie von hinten, zog sie an sich und umarmte sie. Erst sah sie ihn fast teilnahmslos an. Dann begriff sie und sie musste heulen. Es schüttelte sie beide. Sie gingen zu Boden. Peter hockte sich dazu. Sie hielten sich, umklammerten sich. »Ich liebe dich«, schluchzte Daniel in ihr Ohr. Sie griff ihn fester. »Ich liebe dich!«, erwiderte sie. Mittlerweile waren sie nicht nur vom Laufen durchgeschwitzt. Die Hitze begann ihrer Haut Schmerz zu bereiten. Sie fasste Peters Nacken und zog ihn an ihre Stirn. So kauerten sie, Stirn an Stirn an Stirn zusammen und weinten. Es gab nichts zu sagen. Das Kreischen der Flammen war wieder zurückgekehrt. In der Nebenwohnung rumorte es. Krachte es. Die Luft begann zu flimmern. Aus dem Dunstabzug der Küche schossen Flammen. Seichter Rauch drang durch die Ritzen der Fußbodenleisten herein, kroch mit Nebelfingern über den Boden und griff nach ihren Füßen ehe er in Richtung Decke aufstieg. Es wurde grell. Das Atmen fühlte sich an, als würde man die brennende Luft eines Heizofens einsaugen. Sie küsste Daniel. Er küsste sie. Sagte etwas, aber in dem dämonisch brüllenden Lärm des Feuers konnte sie es nicht hören. Alle drei bebten sie am ganzen Körper. Peter löste sich ein wenig von ihnen und zog ein Messer aus dem Gürtel. Sein Blick wog schwer. Daniel sah sie an und nickte. Sie zögerte. Atmen war jetzt kaum mehr möglich. Schließlich nickte auch sie. Peter führte das Messer in Richtung Biancas Kehle. Er tat es langsam, sie nickte noch einmal. Daniel umgriff sie, so fest er konnte. Tränenbäche schossen über sein Gesicht. Sie hörte auf zu zittern. Sie wurde schlaff und wartete ab, schloss die Augen und wartete. Sie nahmen es gar nicht wahr, als die Wohnungstür eingetreten wurde. Erst die Schreie aus voller Kehle ließen sie aufschauen. Da stand eine Frau in einer nassen, gelben Öljacke. Sie trug eine Gasmaske im Gesicht und einen großen Rucksack. Über die Schulter, an einem Riemen, hing ein olivenfarbenes Sturmgewehr. Sie leuchtete mit ihrer Taschenlampe in ihre Gesichter.

Ende des ersten Buchs.

Nachwort

Bei dieser Geschichte handelt es sich um einen Fortsetzungsroman. Wenn Interesse besteht, soll der Fortgang nicht geheim bleiben. Da es sich um ein privates Projekt handelt, welches nicht beworben wird, bin ich als Autorin auf die Rückmeldungen der Leserschaft angewiesen. Soll heißen: Ob die Fortsetzung veröffentlich wird, hängt vom Erfolg des Erstlings ab. Jede Form der Empfehlung hilft (ob Empfehlungen an Freunde/Bekannte, Besprechungen in Ihrem Blog oder durch das schlichte Teilen via soziale Netzwerke). Am hilfreichsten ist jedoch Ihre Rezensionen bei dem Anbieter, bei welchem Sie Ihr Exemplar erstanden haben.

Auch sei an dieser Stelle auf die Homepage www.jdalexander.de hingewiesen sowie auf die Facebookseite (https://www.facebook.com/JD-Alexander-676451129099890/), über welche Sie stets Neuigkeiten über neue und alte Projekte erfahren, Leseproben finden und mehr zur Entstehung der Geschichte erfahren können.

JD Alexander, 2017

19759434R00120

Printed in Poland
by Amazon Fulfillment
Poland Sp. z o.o., Wrocław